UNA NOTTE DI ABBANDONO

DARCY BURKE

Traduzione di
ERNESTO PAVAN

Una notte di abbandono
Copyright © 2019 Darcy Burke
Tutti i diritti riservati.
Titolo originale: *One Night of Surrender*
Traduzione dall'inglese di Ernesto Pavan

ISBN: 9781637260104

Questa è un'opera di fantasia. Nomi, personaggi, luoghi ed eventi sono il prodotto dell'immaginazione dell'autrice o sono utilizzati in maniera fantasiosa. Qualunque riferimento a eventi, luoghi o persone (vive o defunte) reali è puramente casuale.

Design libro: © Darcy Burke.
Design di copertina: © The Midnight Muse Designs.
Immagine di copertina: © Period Images.
Editing: Linda Ingmanson.

Tutti i diritti riservati. Tranne per quanto consentito dall'U.S. Copyright Act del 1976, questa pubblicazione non può essere riprodotta, distribuita o trasmessa, in tutto o in parte, in alcuna forma o tramite alcun mezzo, né archiviata in un sistema di conservazione o recupero delle informazioni, senza aver preventivamente ottenuto il permesso scritto dell'autrice.

 Creato con Vellum

UNA NOTTE DI ABBANDONO

Dopo una notte di passione risalente a un decennio prima, Valentine Fairfax, duca di Eastleigh, non ha dimenticato Isabelle, l'intelligente, arguta e *proibita* figlia di un direttore di college a Oxford. Tuttavia, dopo aver sofferto un matrimonio disastroso con una moglie infedele, il duca ha giurato di non cedere mai più alla tentazione. Fino al giorno in cui scopre che l'istitutrice del suo amico è la donna che ancora tormenta i suoi sogni.

Un tempo spiantata, Isabelle Cortland ha finalmente messo da parte denaro sufficiente a finanziare una scuola per ragazze indigenti. Ma quando un incontro casuale riaccende il desiderio sepolto, Isabelle capisce di non poter essere l'amante di un duca *e* la direttrice di una scuola. Isabelle non è più una ragazza ingenua e non ripeterà il passato. Nemmeno per una notte di abbandono.

Il Club dei Duchi Malandrini

Ecco a voi gli indimenticabili frequentatori della più famosa taverna di Londra, il Duca Malandrino. Belli e seducenti, con fascino e arguzia da vendere, una notte con questi libertini e farabutti non basterà mai…

Una notte di seduzione di Erica Ridley
Una notte di abbandono di Darcy Burke
Una notte di passione di Erica Ridley
Una notte di scandalo di Darcy Burke
Una notte da ricordare di Erica Ridley
Una notte di tentazione di Darcy Burke

Iscrivetevi alla mia newsletter (al momento solo in inglese) a https://www.darcyburke.com/readerclub per esclusive riservate ai membri, comprese dritte anticipate su preordini e notizie sempre fresche, nonché contest, giveaway, omaggi e offerte di libri a 99 centesimi!

Volete condividere l'amore per i miei libri con altri lettori dai gusti simili? Volete farmi compagnia e avere notizie sempre fresche? Unitevi alle Duchesse di Darcy.

CAPITOLO 1

Londra, Febbraio 1817

Isabelle Cortland inciampò nell'oltrepassare la soglia della dimora londinese del duca di Eastleigh. Non fu un piccolo passo falso da cui fosse facile riprendersi, ma una vera e propria perdita di equilibrio che la vide precipitare in maniera assai poco elegante sul pavimento di marmo, con le gonne che si sollevavano in maniera estremamente umiliante.

Era troppo sperare che lui non l'avesse vista? O che lei potesse fondersi con la pietra bianca e lucida?

"Signorina Cortland!" La voce del suo datore di lavoro, lord Barkley, la raggiunse un attimo prima che l'uomo l'afferrasse per un braccio. "Va tutto bene?"

"Benissimo, grazie." Appoggiando i palmi delle mani al pavimento, Isabelle si sollevò e raddrizzò le gambe. Una volta che si fu messa in ginocchio, lord Barkley la aiutò ad alzarsi.

Caroline, la più giovane delle due pupille di Isabelle, fece un passo avanti e le lisciò il vestito. "Siete tutta in disordine. Lasciate che vi aiuti." A dieci anni compiuti, Caroline era sempre pronta a offrire il suo aiuto e la sua opinione.

"Grazie." Isabelle passò lo sguardo sull'ingresso, agitata. Lui non era lì. Per fortuna.

"Siete sicura di non essere ferita?" chiese lord Barkley.

Solo nell'orgoglio, ma l'assenza di un duca aveva risparmiato anche quello. "Ne sono sicura."

"Sua Grazia si scusa per non avervi dato il benvenuto di persona," disse il maggiordomo. "Arriverà tra poco."

Lord Barkley si raddrizzò. "Nessun problema. È molto gentile a permetterci di restare qui."

Era vero. Erano arrivati a Londra quella mattina, solo per scoprire che la casa che lord Barkley aveva affittato per la Stagione non era ancora abitabile, con l'eccezione del pianterreno. La dimora era ancora oggetto di restauri e sarebbe stata pronta nel giro di due settimane...o così era stato promesso loro. Nel frattempo, lord Barkley aveva chiesto ospitalità al suo amico, il duca di Eastleigh. Il duca, che lord Barkley le aveva assicurato essere un uomo generoso e magnanimo, li aveva invitati a fermarsi per tutto il tempo necessario.

Il duca era anche arrogante, intelligente e molto più affascinante di quanto chiunque avesse il diritto di essere. O almeno, così era stato dieci anni prima. Era ancora uguale?

Isabelle dubitava che lo avrebbe scoperto. Era sua intenzione tenersi il più lontano possibile dal duca. Con un po' di fortuna, avrebbe trascorso l'intero soggiorno senza mai posare lo sguardo su di lui. La qual cosa significava che avrebbe fatto meglio a fuggire alacremente al piano di sopra.

Rivolgendosi al maggiordomo, gli sorrise.

"Posso accompagnare le mie pupille nella loro stanza?" Lanciò un'occhiata a Caroline e a sua sorella, Beatrice, più grande di tre anni. Il loro fratello, Douglas, era a Oxford.

"Certamente." Il maggiordomo inclinò la testa verso una donna dai capelli bianchi, con un sorriso gentile e occhi luminosi e sinceri. "La signora Watkins vi accompagnerà."

La governante – perché quello doveva essere il ruolo della donna – sorrise radiosa a Isabelle e alle ragazze. "Venite con me. Ho la stanza perfetta per queste due belle bambine." La donna si incamminò verso le scale.

Isabelle fece cenno alle ragazze di precederla.

"Barkley! Benvenuto nella mia umile dimora. Sono davvero felice di vedervi."

Per poco Isabelle non inciampò di nuovo mentre appoggiava un piede sull'ultimo gradino. L'inconfondibile – nonostante il tempo trascorso – voce del duca le mozzò il fiato.

"Ah! Umile!" La voce profonda di lord Barkley riecheggiò nell'ingresso. "Grazie per averci invitati a soggiornare qui. L'istitutrice stava giusto portando le mie ragazze di sopra."

Isabelle si costrinse a darsi una mossa. Sperava, sbrigandosi, di evitare l'incontro col duca. O meglio, un nuovo incontro col duca. Oh, sarebbe stato un *disastro*.

"Potrete conoscere le ragazze più tardi," disse lord Barkley, al che Isabelle riprese finalmente a respirare.

Ci fu una pausa durante la quale Isabelle fu sicura che lo sguardo del duca le stesse scavando nella schiena con un'intensità onnisciente. In qualunque momento, egli avrebbe potuto chiamarla per nome e i segreti che lei aveva tenuto sepolti a lungo sarebbero stati rivelati. Avrebbe perso la dignità, il posto di lavoro e l'obiettivo per cui si era impegnata tanto: la sua scuola.

"Sono ansioso di conoscerle." La risposta del duca fece contrarre le viscere di Isabelle per l'invidia. Invidia? Lei non voleva vederlo. Non *avrebbe dovuto* volerlo vedere.

Seguì la governante e le sue pupille al piano di sopra e, quando la scala svoltò, lei tenne il viso rivolto nella direzione opposta rispetto all'ingresso...fino all'ultimo momento. Poi lanciò di sottecchi un'occhiata all'uomo la cui immagine era impressa a fuoco nella sua mente.

Il duca aveva lo stesso identico aspetto, almeno a quella distanza. Alto, di spalle larghe, con quelle labbra arcuate che non avevano alcun diritto di stare sul volto di un uomo.

Oltrepassarono il primo piano per arrivare al secondo e la signora Watkins li condusse a destra e poi in una camera da letto ben arredata che dava sulla piazza sottostante. "Eccoci qui," disse la governante. "Le vostre cose arriveranno presto."

Caroline corse alla finestra e guardò fuori. "Che bella piazza."

"È la vostra prima volta a Londra?" chiese la signora Watkins.

Caroline voltò le spalle alla finestra. "Sì. Andremo a visitare il British Museum e Gunter's, e Beatrice spera di poter fare acquisti in Bond Street. Papà dice che non si può, perché la mamma non è venuta con noi. Ha dovuto prendersi di nuovo cura della prozia, che sta male." La signora Watkins aggrottò la fronte e rivolse a Caroline un sentito cenno del capo. "Mi dispiace."

"Convincerò papà a lasciare che ci porti la signora Cortland," disse con fermezza Beatrice. "Gliel'ho già chiesto e lui ha detto che ci avrebbe pensato."

Fare acquisti in Bond Street? Isabelle non avrebbe saputo a che santo votarsi. Gironzolare per Londra con le ragazze suonava al tempo stesso entusiasmante e terrificante.

"Voi siete già stata a Londra, dunque?" chiese la signora Watkins a Isabelle.

Le scosse la testa. "No."

"Beh, allora sarà un'avventura per tutte voi!" Il lacchè arrivò col bagaglio delle ragazze e la signora Watkins gli ordinò di posarlo vicino all'armadio.

"Dove dorme la signora Cortland?" chiese Caroline. "A casa, la sua stanza è vicino alla nostra, su per le scale."

"Anche qui è al piano di sopra." La signora Watkins rivolse un cenno del capo a Isabelle. "Ve la mostro?"

Isabelle le rivolse un sorriso colmo di gratitudine. "Vi ringrazio, ma rimarrò qui ad aiutare le ragazze a disfare i bagagli. Sono sicura che riuscirò a trovare la strada, se voi me la indicherete."

"Basta che saliate le scale – la porta è in fondo alla galleria – poi dovete girare a destra. È la seconda porta sulla sinistra. Posso mandare una cameriera a disfare i bagagli delle ragazze," offrì la governante.

"Grazie, ma non è necessario." Isabelle era più che felice di aiutare di persona le ragazze. Le amava come se fossero state figlie sue, in parte perché non ne aveva e non avrebbe mai avute.

La governante annuì. "In tal caso, vi lascio fare." Si allontanò con un sorriso, chiudendosi dolcemente la porta alle spalle.

"Quand'è che conosceremo il duca?" chiese Caroline mentre Isabelle apriva le loro borse da viaggio e cominciava a disfarle. "Non ho mai conosciuto un duca."

Isabelle nascose un sorriso, perché Caroline

aveva detto la stessa cosa non meno di mezza dozzina di volte da quando avevano scoperto che avrebbero soggiornato in casa del duca di Eastleigh.

Quel nome, da solo, bastava a innervosirla terribilmente. Aveva creduto che non lo avrebbe udito mai più, e ora si trovava in casa di quell'uomo. Quando aveva accettato quell'impiego da istitutrice nello Staffordshire, cinque anni prima, non aveva mai sognato che si sarebbe nuovamente trovata faccia a faccia con Valentine Fairfax, il duca di Eastleigh.

E sperava che ciò non sarebbe accaduto.

Davvero sarebbe riuscita a soggiornare lì per due settimane senza vedere il duca? Avrebbe fatto del suo meglio.

"Magari conosceremo il duca a cena," disse Beatrice, rispondendo alla domanda di Caroline. "Se saremo invitate."

Isabelle avvertì un nuovo momento di panico. E se Val le avesse invitate a cena e, che Dio la scampasse, l'invito avesse compreso anche lei? Le era capitato di cenare con lord e lady Berkeley e le bambine, ma sperava che nella casa di un duca vigessero molte più formalità e che lei e le bambine sarebbero state escluse dalla tavola. "Non sono sicura che dovreste aspettarvi di cenare alla tavola del duca," disse mentre porgeva una pila di indumenti intimi a Beatrice perché la mettesse nel cassettone.

"Forse no," disse Beatrice, aprendo un cassetto, "ma sarebbe splendido, vero?"

Caroline sbuffò. "Questo lo dici tu."

I riccioli scuri di Beatrice rimbalzarono contro le sue spalle sottili mentre la ragazzina serrava le labbra e lanciava alla sorella un'occhiata infastidita.

"Chi può dire se avrò mai più l'occasione di cenare con un duca?"

Già. Isabelle non l'aveva mai avuta e sperava di non averla mai. Non con quel duca né con nessun altro. Non era e non era mai stata come Beatrice, che era ansiosa di debuttare ed essere la più bella della Stagione. Isabelle voleva solo educare ragazze come Beatrice e aiutarle a capire che nella vita non c'erano solo duchi e balli. Pur avendo assorbito la conoscenza come un biscotto secco inzuppato nel tè, Beatrice rimaneva fortemente affascinata dall'idea di diventare una debuttante e tuffarsi nel Mercato dei Matrimoni... per il momento. Dopotutto, aveva solo tredici anni.

Caroline tese le braccia per farsi passare una pila di vestiti da mettere via. "Avrà una biblioteca, secondo voi?"

"È probabile." Isabelle non aveva idea se le case londinesi avessero o meno lo stesso genere di biblioteche che avevano le case in campagna, ma il Val che lei ricordava era stato un lettore vorace, per cui aveva il sospetto che quello fosse il caso. A meno che il duca non fosse diverso dal Val che lei ricordava. Dieci anni erano un periodo spaventosamente lungo e, all'epoca, loro due erano stati incredibilmente giovani...

E ingenui.

"Lo spero," disse Caroline. "Forse dovremmo dare un'occhiata dopo aver finito di disfare i bagagli."

Isabelle le rivolse un'occhiata affettuosa, ma ferma. "Credo sia meglio che riposiate entrambe per un po' mentre io vado di sopra a sistemare le mie cose."

Caroline emise un respiro carico di disappunto. La ragazzina detestava l'inattività. "Se lo dite voi."

Finirono di disfare i bagagli e Isabelle assegnò

alle due ragazze il compito di leggere e di fare esercizio con la composizione in latino. Sarebbe tornata un'ora dopo per la loro lezione.

"Non c'è un'aula per lo studio?" chiese Beatrice.

"Non lo so." La signora Watkins non ne aveva parlato e Isabelle non era sicura di volerlo sapere. Farlo avrebbe potuto attirare l'attenzione e il suo piano consisteva nel restare il più invisibile possibile.

"Lo spero, perché qui ci sono solo quella piccola scrivania e una sola sedia." Purtroppo, Beatrice aveva ragione.

Isabelle concluse che avrebbe dovuto chiedere, ma avrebbe rivolto la domanda a lord Barkley, lasciando a lui il compito di sistemare la questione. "Ne parlerò con vostro padre. È ora di leggere." Una volta che le ragazze si furono sistemate nel letto coi loro libri, Isabelle se ne andò.

Mentre si chiudeva la porta alle spalle, ripensò alle parole della governante. *La porta in fondo al corridoio, sulla destra, la seconda porta a sinistra.* O aveva detto a sinistra, la seconda porta sulla destra? Esalando il fiato, Isabelle si recò in fondo al corridoio. Appoggiò una mano sulla maniglia ed esitò. La signora Watkins aveva voluto riferirsi a *quella* estremità del corridoio?

Isabelle guardò nella direzione da cui era venuta. All'improvviso, la porta davanti a lei si aprì e sulla soglia, in tutta la sua gloria ducale, coi capelli color del sole scostati dall'ampia fronte e gli occhi verde giada spalancati dallo stupore, apparve l'uomo che lei aveva cercato – senza successo – di dimenticare.

al fissò la donna fuori dalla sua porta come se fosse un'apparizione. Era lei? Doveva esserlo. Perché mai sarebbe stata lì, altrimenti?

Esitò, serrò le palpebre con determinazione e tenne gli occhi chiusi per un istante. Ma quando li riaprì, lei era ancora lì.

"Isabelle?" Era più vecchia, naturalmente, e molto più bella di quanto lo ricordasse. Val non aveva mai sognato che ciò potesse essere possibile. La maggior parte dei capelli castano chiaro della giovane era raccolta in uno chignon piuttosto severo, ma due riccioli ondeggiavano di fronte a ciascun orecchio. Un lieve rossore le segnava gli zigomi sporgenti e le labbra piene color corallo erano schiuse dallo stupore.

La donna sbatté le palpebre e le sue ciglia scure si chiusero per un attimo sui vividi occhi cobalto. Alla fine, disse: "Sì."

"Non riesco a crederci." Val allungò una mano, ma lei fece un passo indietro. Lui si accigliò. "Cosa ci fate qui?"

"Sono l'istitutrice delle signorine Spelman."

"Istitutrice? Come diamine siete diventata un'istitutrice? Pensavo che aveste sposato… un gentiluomo." Val non riusciva a ricordare il nome dell'uomo in questione. Se Isabelle non lo aveva sposato… per la miseria, era colpa sua? Avvertì una sgradevole sensazione all'altezza dello stomaco.

"È vero."

Il sollievo lo invase.

"Mio marito è venuto a mancare sei anni fa." I lineamenti placidi della giovane non rivelarono la minima traccia di emozione, a parte la solennità.

"Mi dispiace molto. Ho saputo della scomparsa di vostro padre e mi sono molto dispiaciuto. Era un uomo meraviglioso, un insegnante esemplare." L'uomo era stato il direttore del Merton College, che diversi amici di Val avevano frequentato. "È accaduto in questo periodo dell'anno, giusto?"

"Proprio così," disse a bassa voce Isabelle. "Ho perso mio padre a gennaio e mio marito appena tre mesi dopo."

Il cuore di Val doleva per lei, che aveva perso così tanto in così poco tempo. "Non dev'essere stato facile."

"No." Isabelle giunse le mani di fronte a sé e se le torse per qualche istante mentre distoglieva lo sguardo. "Speravo di evitarvi, Vostra Grazia. Stavo cercando le scale. Per andare nella mia stanza, al terzo piano."

"Le scale sono dall'altra parte del corridoio," disse Val, fortemente distratto mentre pensava alle altre cose che lei aveva detto. "Perché volevate evitarmi? E non chiamatemi 'Vostra Grazia'."

Isabelle inarcò un sopracciglio. Quanto ricordava bene lui quell'espressione. Isabelle aveva un modo di guardarlo che era al tempo stesso seducente e sprezzante. Esso non mancava mai di eccitarlo e che gli venisse un colpo se non stava succedendo di nuovo. All'improvviso, Val aveva di nuovo diciott'anni – l'età che aveva avuto quando aveva conosciuto Isabelle – ed era follemente innamorato.

"Come dovrei chiamarvi?" chiese la donna.

"Come mi avete sempre chiamato."

Isabelle serrò le labbra e, nel giro di un istante, somigliò più a un'istitutrice che alla donna che lo aveva ammaliato da ragazzo. "Non posso. Voi siete un duca e io un'istitutrice. Non dovremmo nemmeno essere qui a parlare." Di colpo, la donna si voltò e si incamminò lungo la galleria.

Val uscì dal suo salotto privato e la seguì con un

balzo. Fece per prenderle il gomito e, nell'istante in cui la sua mano si chiuse attorno alla manica di Isabelle, avvertì come un tuffo nel profondo del ventre.

La donna liberò con un sussulto il braccio dalla sua presa. Quando si voltò verso di lui, gli occhi che ardevano di un fuoco freddo, aprì la bocca, e Val si sporse verso di lei, bramoso della sua indignazione. Quando aveva cominciato a civettare con lei, Isabelle gli aveva dato molte volte il fatto suo. Le ci erano voluti mesi per confessare finalmente che anche lei era attratta da lui.

Ma Val non ebbe mai modo di udire ciò che la donna stava per dire, perché si erano fermati di fronte alla stanza di Barkley e la porta si aprì a rivelare il barone.

Barkley spostò lo sguardo da Val a Isabelle e di nuovo a Val. "Vedo che avete conosciuto la nostra istitutrice."

"Sì–"

Qualunque cosa Val avrebbe potuto dire dopo fu inghiottita dalla risposta di Isabelle. "Sì, ci siamo appena conosciuti. Temo di essermi confusa nella ricerca delle scale. Sua Grazia è stato così gentile da darmi indicazioni. Chiedo scusa."

Val le lanciò un'occhiata, stringendo leggermente gli occhi. Si erano appena conosciuti?

Lo sguardo di Isabelle incrociò il suo e nelle profondità dei suoi occhi, Val vide una preghiera silenziosa. A quanto pareva, la donna non voleva che lui dicesse che si conoscevano già. Cosa pensava che avrebbe fatto Val? Rivelato *quanto* bene si conoscessero?

"Prima che scappiate via, signora…"

"Cortland," rispose lei.

L'ignoranza del suo nome andava a sostegno dell'affermazione secondo cui loro due si fossero appena conosciuti. Per lui, lei era stata Isabelle Highmore, la ragazza più bella che Val avesse mai visto.

"Prima che scappiate via, signora Cortland, spero che vi unirete a noi a cena."

Isabelle guardò Barkley, che inclinò la testa, per poi portare la sua attenzione su Val. "Per che ora devo far preparare le ragazze?"

Le ragazze? Ah sì, sì, le figlie di Barkley. Val non aveva invitato *loro*. Ma ora escluderle, per di più di fronte al padre, sarebbe stato scortese. Il fatto era che lui non voleva nemmeno Barkley a quella maledetta cena. Voleva Isabelle da sola, in modo da poter scoprire nel dettaglio tutto ciò che lei aveva fatto nell'ultimo decennio.

"Le sette," rispose.

Isabelle riverì e si voltò. Val si impegnò fortemente per non fissare il suo posteriore ancheggiante mentre lei raggiungeva l'altra estremità del corridoio. Con somma riluttanza, Val si voltò verso Barkley. "Da quanto la signora Cortland è al vostro servizio?"

Barkley inclinò la testa e sporse il labbro inferiore mentre rifletteva sulla risposta. "Quasi cinque anni, credo. Sì, devono essere cinque. Dopo il quinto compleanno di Caroline, abbiamo assunto la signora Cortland per fare da insegnante alle ragazze. Quando lei ci ha scritto e ci ha detto chi era suo padre, io ho capito subito che era perfetta per questo incarico. A onor del vero, è più intelligente di quanto avrei creduto possibile per una donna."

Val fissò l'uomo, momentaneamente ammutolito dai sottintesi della sua affermazione. Invece che rimproverarlo per la sua maleducazione – e la sua stupidità – Val ignorò quel commento demenziale. A differenza di Barkley, lui non era minimamente sorpreso dall'intelligenza di Isabelle. La donna aveva sempre avuto il naso immerso nei libri. Era una delle caratteristiche che più gli piacevano di lei. Anzi, i momenti che avevano trascorso insieme su una panchina all'aperto, senza far altro che leggere fianco a fianco, erano tra i suoi ricordi più graditi. "Sembrerebbe che siate molto fortunato ad avere la signora Cortland."

"Proprio così," disse annuendo Barkley. "Berremo comunque quel bicchiere di brandy prima di cena?"

Val avrebbe voluto interrogare Barkley riguardo a Isabelle. La donna amava ancora Voltaire e produceva ancora suoni nasali quando rideva troppo forte? Invece, si appiccicò un sorriso sul volto e diede una pacca sulla spalla del barone. "Certo."

Scesero le scale e tutto ciò a cui Val riuscì a pensare furono la donna al piano di sopra e il diavolo di modo in cui sarebbe riuscito a rimanere solo con lei.

CAPITOLO 2

*L*ui non poteva volere che Isabelle gli sedesse accanto.

Isabelle fissò la sedia alla destra del capotavola, dove Val – non riusciva a non pensare a lui col soprannome col quale lo aveva chiamato dieci anni prima, non importava quanto si impegnasse per non farlo – si sarebbe senza dubbio seduto.

"Scusate il ritardo," disse l'uomo mentre entrava nella sala da pranzo, spingendo tutti a voltarsi. "Ho avuto un'urgenza." Sorridendo, il duca si recò al suo posto e passò lo sguardo su di loro: lord Barkley alla sua sinistra, Beatrice alla sinistra del padre, Caroline seduta di fronte a Beatrice e Isabelle accanto a Caroline. Nonché accanto a Val.

"Ci sediamo?" suggerì il padrone di casa, al che Isabelle ebbe la sua risposta. Sì, voleva proprio che lei gli sedesse accanto.

Dal punto di vista della logica, aveva senso che i tre adulti sedessero più vicini al capotavola. Questo però non impedì a Isabelle di chiedersi se Val avesse un secondo fine. Forse perché lei stessa voleva che ne avesse uno?

Rimproverandosi mentalmente, prese posto a

tavola e resistette all'impulso di svuotare il bicchiere di vino per calmarsi i nervi. Invece, non beve nemmeno un sorso, dicendosi che doveva mantenere la lucidità.

"Spero che vi siate tutti messi a vostro agio," disse Val. "E che informerete Sadler nel caso doveste aver bisogno di qualcosa."

"È tutto splendido, Vostra Grazia," disse giovialmente lord Barkley mentre veniva servita la prima portata. "Siete stato enormemente generoso ad aprire la vostra casa di uomo scapolo alla nostra famiglia." Ciò detto, rise bonariamente.

Isabelle attese che il suo datore di lavoro esprimesse la necessità di un'aula per lo studio. Lei gliene aveva parlato quando erano arrivati nella sala da pranzo. Quando il barone non disse nulla, lei si chiese come avrebbe potuto introdurre l'argomento. Ma prima che potesse farlo, Caroline li batté tutti sul tempo.

La persona più giovane seduta a tavola si rivolse senza esitazione al padrone di casa. "A dire il vero, Vostra Grazia, abbiamo bisogno di una cosa."

Il padre della bambina le lanciò un'occhiata di puro orrore. "Caroline, non parlare a meno che Sua Grazia non ti rivolga la parola per primo."

"Non c'è nessun problema," disse Val, guardando Caroline con un sorriso caloroso. "Di cosa avete bisogno?"

"Di un'aula per lo studio." Caroline lanciò un'occhiata a Isabelle. "La signora Cortland ha suggerito che potremmo usare la vostra biblioteca."

"Davvero?" mormorò Val.

Sebbene Isabelle non lo stesse guardando – si stava impegnando fortemente per non farlo – sentì il suo sguardo passare su di lei come una calda brezza estiva, piacevole e rinvigorente.

"*Se* avete una biblioteca," intervenne Beatrice.

"Certo che ho una biblioteca, ed è a vostra disposizione."

Lord Barkley guardò con aria accigliata le sue figlie. "Non vogliamo recarvi disturbo." Ciò detto, rivolse a Val un sorriso lusinghiero. "Volevo giusto chiedervi uno spazio dove loro potessero studiare. In privato."

"Nessun disturbo." Il duca guardò direttamente Isabelle e lei non riuscì a ignorarlo. Ma nemmeno poteva permettersi di perdersi nelle profondità del suo sguardo ancora seducente. "Ditemi quando avrete bisogno della biblioteca ed essa sarà vostra."

Lei riuscì quasi a immaginare che avesse detto *Ditemi quando avrete bisogno di me e io sarò vostro.* Ma non lo aveva fatto, naturalmente, e Isabelle maledisse in silenzio la sua mente fantasiosa e traditrice.

Distolse lo sguardo. Era molto difficile guardare Val senza provare un brivido. O, peggio ancora, un fremito di desiderio. "Le lezioni si terranno la mattina e il pomeriggio, anche se credo che trascorreremo qualche pomeriggio a fare delle escursioni, fintanto che saremo a Londra."

"La biblioteca sarà vostra tutte le mattine e nei pomeriggi. Mi assicurerò che veniate disturbate il meno possibile."

"Grazie." Isabelle incrociò di nuovo lo sguardo del duca e, nel giro di un istante, fu riportata a un decennio prima, a un'epoca in cui qualcuno l'aveva guardata in quel modo, come se avesse voluto conoscerla… come se *la conoscesse.* Con l'eccezione di una forte vicinanza a Beatrice e Caroline in quanto istitutrice, era stata completamente sola negli ultimi sei anni e provare quella sensazione di… appartenenza era quasi devastante.

Trascorse il resto della cena a sforzarsi di mostrarsi serena e distaccata, mentre ricordi del tempo trascorso con Val e la sua attuale vicinanza le facevano pulsare il cuore e palpitare le viscere. Temeva che, percependo la familiarità tra di loro lord Barkley avrebbe voluto sapere cosa stava accadendo. Sarebbe stato davvero terribile confessare che si erano conosciuti – platonicamente, era chiaro – una volta? Forse no, ma era un rischio che lei non osava correre.

Al termine della cena, Isabelle fu sollevata di dover portare via le ragazze dalla sala da pranzo e lo fece a gran velocità. Dopo averle messe a letto, si affrettò a ritirarsi al terzo piano, dove si preparò per andare a letto e tuffò immediatamente il naso in un libro che non poteva sperare di mantenere la sua attenzione.

Un'ora dopo, stava per arrendersi quando un lieve bussare le fece voltare la testa verso la porta. Il suo primo pensiero fu che poteva essere Val. Subito dopo, si disse che era un'idea sciocca. Il duca non sarebbe stato così stupido da venire a trovarla lì. Isabelle gli stava semplicemente concedendo troppo spazio nella sua mente. Doveva smetterla.

Probabilmente, si trattava di Caroline, che a volte di notte si spaventava e veniva nella sua stanza. Ora capitava di meno che negli anni passati, ma erano pur sempre in una casa sconosciuta.

Isabelle posò il libro sul minuscolo comodino e si alzò dal letto stretto. La stanza era più piccola di quella a cui era abituata, ma aveva una finestra con una splendida vista sul giardino sottostante.

Isabelle aprì la porta e inalò di scatto. "Val."

Vestito col completo di sartoria immacolata che aveva indossato a cena, l'uomo sorrise e, in risposta, tutto il corpo di Isabelle si scaldò. "Dunque vi ricordate il mio nome."

"Voi non dovreste essere qui." Fu tutto ciò che

le riuscì di dire prima che l'uomo la oltrepassasse ed entrasse nella stanza.

Val si accigliò mentre osservava la stanza. "È molto piccola."

"Vi comportate come se non foste mai salito qui."

"Non 'mai', ma di certo era da un po' che non ci venivo." Il duca si raddrizzò e le rivolse un deciso cenno del capo. "Vi farò trasferire di sotto."

Più vicino a lui. Era un'idea terribile. "No, non lo farete."

Val fece un passo verso di lei, tornando ad accigliarsi. "Le istitutrici non fanno parte della servitù."

"Ma nemmeno della famiglia." Un rumore di passi sulle scale la allarmò. "Dovete andarvene. Non potete stare qui."

Il duca voltò la testa, orientando l'orecchio verso la porta, e fece un altro passo avanti. "Sta arrivando qualcuno?"

"Sì," sibilò Isabelle.

"Allora non posso certo uscire. Incrocerei quella persona." Val non sembrava minimamente preoccupato.

Isabelle chiuse la porta con un 'clic' deciso. Quindi si voltò per fulminare il duca con lo sguardo. "State cercando di farmi cacciare?"

"Io non vi caccerei mai. E no, non sto cercando di farvi perdere il lavoro. Anche se devo dire che non avrei mai immaginato di vedervi nelle vesti di istitutrice." Lo sguardo dell'uomo la percorse, come se la stesse immaginando nelle vesti in cui *l'aveva* vista… e lei non voleva saperlo.

Fin troppo consapevole di avere ancora addosso l'attenzione di Val e del fatto che indossava solo una camicia da notte coperta da una vestaglia molto sottile, Isabelle incrociò le braccia e rivolse al duca un'occhiata fredda. "Dovete andarvene."

"E lo farò. Presto. Dopo che avremo... parlato." L'uomo passò nuovamente lo sguardo sulla stanza, posandolo sulla minuscola sedia nell'angolo accanto al minuscolo comodino.

"Non abbiamo nulla di cui parlare," disse Isabelle.

Val andò a sedersi sulla sedia. "Suvvia; dopo un decennio, ci sono molte cose di cui discutere. Potrei restare seduto qui tutta la notte."

Tutta la notte. Lo avevano fatto, una volta. Ma non si erano seduti. Né avevano parlato. Beh, *qualcosa* si erano detti. E in un certo senso... Isabelle arrossì al ricordo.

Lui le rivolse un'occhiata scaltra. "A cosa stavate pensando?"

Isabelle scosse la testa, scacciando la reminiscenza. "A niente. Sentite, dovete proprio andare. Non posso permettermi di mettere a rischio la mia posizione."

"Avremmo semplicemente potuto dire a lord Barkley che siamo vecchi amici."

Isabelle strinse le dita fino ad affondarle nei bicipiti. "Non lo siamo."

"Sì che lo siamo. Non sarebbe necessario dirgli che siamo stati anche amanti." Il duca pronunciò quelle parole in maniera così noncurante, così serena, come se si trattasse di qualcosa di assolutamente ordinario. Com'era possibile, quand'era stata l'esperienza più straordinaria della vita di Isabelle? Quando lei divideva la sua esistenza in due parti, prima e dopo Val? "Perché gli avete mentito, dicendo che ci eravamo appena conosciuti?" La domanda dell'uomo la ripescò dagli abissi del passato.

"Mi sembrava più semplice." E più sicuro. A Oxford, avevano dovuto tenere nascosta persino la loro amicizia. Agli studenti non era permesso fraternizzare con le donne, soprattutto con le figlie dei direttori; le quali, a loro volta, non avrebbero dovuto fraternizzare con gli studenti. Erano riusciti a rubare qualche momento insieme, più che altro per parlare, leggere e commentare ciò che avevano letto.

L'uomo la stava fissando come se si aspettasse che lei dicesse qualcosa di più. Come se si aspettasse che lei dicesse di essersi sbagliata e che sì, certo che potevano rivelare la loro amicizia.

"Dovete proprio andare," ripeté lei.

Ovviamente, Val non si mosse. Era sempre stato cocciuto, soprattutto durante le loro discussioni. Lo sguardo del duca si spostò sul comodino ed egli prese in mano il libro malconcio che lei vi aveva posato. "Vedo che leggete ancora letteratura francese. Ah, questo è uno dei nostri preferiti." Le rivolse un sorriso smagliante.

"Era uno dei miei preferiti prima di diventare uno dei vostri."

"Vero. Ne tengo una copia nella mia camera da letto." Lo sguardo dell'uomo incrociò il suo e l'intensità nei suoi occhi le fece piegare le ginocchia.

"Perché?" Da dove era uscita quella parola? Lei non l'aveva pensata, ma le sue labbra l'avevano mormorata comunque.

"Perché mi ricorda voi." Il duca posò la copia consunta di *Les Liaisons dangereuses* di Isabelle.

"Val, dovete proprio andare." Isabelle sembrava un pappagallo che conoscesse una sola frase.

L'uomo si alzò dalla sedia e girò attorno al letto. "Se insistete. Ma prima, ditemi come mai siete un'istitutrice. Cos'è accaduto a vostro marito?"

"Ve l'ho detto: è morto."

"Non vi ha lasciato del denaro?"

"Mi ha lasciato dei debiti, che ho saldato con l'eredità di mio padre. Per fortuna, sono in grado di mantenermi da sola. Sono molto felice della mia posizione attuale." Sebbene ciò fosse vero, essa non era quello che Isabelle si era aspettata. Si era aspettata una casa sua, un marito, dei figli.

"Non avete avuto figli con lui?" chiese Val, che sembrava aver seguito il corso dei suoi pensieri.

"Voi mi usate troppa confidenza," disse lei, a disagio dalla direzione presa dalla conversazione... perché ne traeva conforto. Quand'era stata l'ultima volta in cui qualcuno le aveva parlato, in cui le aveva parlato davvero?

"Lo spero," mormorò il duca. "Vi conosco molto bene." Si era spostato proprio di fronte a lei, così vicino che Isabelle avrebbe potuto facilmente mettergli le mani addosso.

"Voi mi *conoscevate*. È trascorso molto tempo." E tuttavia, il suo profumo di pino e legno di sandalo lei era familiare quanto il libro sul comodino.

"Possibile che siate così diversa?" L'uomo la osservò, accarezzandola con gli occhi come se la stesse toccando.

All'improvviso, Isabelle avvertì il desiderio di quel tocco, come era successo in molte occasioni nell'ultimo decennio, in particolare nei primi anni. Col passare del tempo, aveva imparato a conservare i suoi ricordi di Val in un ripostiglio nella sua mente, tirandoli fuori solo quando si concedeva di sentirsi vulnerabile.

"Sì. Come dovete esserlo anche voi." Come lei, anche Val era stato sposato. Il matrimonio doveva aver esercitato un'influenza su di lui, proprio come era accaduto a Isabelle. "Mi è dispiaciuto leggere sul giornale della morte di vostra moglie."

La mascella del duca si serrò, ma solo per un istante, e lei si chiese se non avesse immaginato quella reazione. "Sembra che entrambi abbiamo avuto sfortuna nel matrimonio."

Tra i due passò un istante di silenzio. Il matrimonio era qualcosa di cui non avevano mai parlato. Isabelle non si era mai sognata che un duca potesse sposare una persona come lei e di certo Val non aveva chiesto la sua mano. Avevano rubato la loro unica notte insieme e sapevano che sarebbe dovuta bastare per sempre.

Non riusciva ancora a capacitarsi del tutto del fatto che Val fosse lì di fronte a lei. Che avrebbe potuto allungare una mano e toccarlo. O che proprio alle spalle dell'uomo ci fosse un letto.

"*Dovete* andarvene." Isabelle si voltò verso la porta.

Val vi si mise di fronte, appoggiando la schiena al legno. "E *lo farò*. Ma tutto questo è così… strano. E meraviglioso. Non credete?" Quando lei non rispose, l'uomo proseguì: "Non avrei mai pensato di rivedervi, eppure eccovi qui. Mi sembra un dono."

Isabelle rimase di stucco e inclinò la testa di lato, chiedendosi cosa egli volesse dire esattamente e non osando immaginarlo. "Di che genere?"

L'uomo lanciò un'occhiata verso il soffitto basso. "Non lo so… È solo inaspettato."

Era ora di mettere la parola fine a qualunque cosa egli stesse cercando di fare. "Rimarrò qui solo per due settimane. Cercherò di starvi fuori dai piedi e mi aspetto che voi facciate lo stesso, proprio come mi aspetto che manteniate il nostro passato… segreto. Non posso permettermi di perdere questo lavoro." E poi, amava Beatrice e Caroline, e avrebbe sofferto moltissimo se avesse dovuto lasciarle prima che loro non avessero più bisogno di lei. E anche allora, sarebbe stato difficile.

"Se doveste perdere il vostro lavoro – cosa che non accadrà – penserò io a prendermi cura di voi."

L'aria le sfuggì di colpo dai polmoni. Fissò il duca con la bocca spalancata, le braccia che le ricaddero lungo i fianchi. "Non mi starete chiedendo–"

Val spalancò gli occhi. "No, *no*. Certo che no. Volevo solo dire che non dovete preoccuparvi del vostro futuro. Anche nel caso dovesse succedere qualcosa, io mi assicurerei del vostro benessere."

"Non potete. Sarebbe... uno scandalo!" Suo padre si sarebbe rivoltato nella tomba.

"Non sarebbe necessario che qualcuno lo sapesse."

Isabelle scosse la testa. "Assolutamente no. Non sono una donna di facili costumi." Ma *lo era stata*. Una sola volta. Con lui. "Quello che c'è stato tra di noi è stato uno sbaglio." Distolse lo sguardo, perché non sopportava di guardare Val mentre raccontava la menzogna a cui si era costretta a credere.

"Non dite così." La voce dell'uomo era bassa, cupa e sofferente.

"È la verità. Ora andatevene. Per favore." Poi, Isabelle lo guardò con aria implorante. "Vostra Grazia."

L'uomo serrò le labbra, la bocca tesa. Poi fece una cosa impensabile: sollevò la mano e le accarezzò una guancia. Il corpo di Isabelle avrebbe voluto sporgersi in avanti e ricadere contro di lui, accettare il suo tocco, cercarlo. Facendosi forza, lei rimase immobile mentre le sue viscere minacciavano di sciogliersi.

"Io vi voglio ancora bene e vi *assicuro* che vi aiuterei. Non dovete fare altro che chiederlo." L'uomo lasciò cadere la mano, si voltò e se ne andò.

Non appena la porta si fu chiusa, Isabelle appoggiò il palmo della mano al legno. Il calore di Val era ancora lì, nel punto contro cui egli si era premuto. L'avrebbe aiutata, se solo lei glielo avesse chiesto... Probabilmente, avrebbe potuto realizzare il suo sogno di fondare una scuola femminile, ma lei non glielo avrebbe chiesto. Non *poteva*.

Chiuse gli occhi, appoggiò una mano sulla porta come se essa fosse stata lui e si lasciò andare a tutte le emozioni e i ricordi che tanto si era impegnata a soffocare. La mano di Val nella sua. Le labbra di Val sulle sue. Il corpo di Val nel suo.

Una voglia selvaggia che lei non provava da tempo la travolse. Sarebbero state due settimane molto lunghe.

CAPITOLO 3

La sera dopo, Val entrò al Duca Malandrino, la taverna di cui era proprietario assieme al suo caro amico, il duca di Colehaven, in Haymarket. Teste si voltarono e boccali sferragliarono gli uni contro gli altri in un coro roboante: "Eastleigh!" Val si produsse in un inchino cortese, allungando una gamba dietro di sé e gesticolando elegantemente.

Raddrizzatosi, si recò al bancone, che correva lungo la parete posteriore della stanza principale. Erano le dieci e mezza e il locale era stracolmo, per cui Val si fermò diverse volte a salutare mentre serpeggiava tra i tavoli. Quando arrivò al bancone, Doyle gli aveva già riempito di birra il boccale di peltro col suo nome stampigliato.

Val prese il boccale. "È l'ultima fatica di Cole?"

"Proprio così. Ha detto che dovevate provarla." Doyle, il gestore della taverna, attese con ansia mentre Val sorseggiava la birra.

Saporita e leggermente amara, la bevanda era deliziosa. "Ha prodotto un'altra ottima birra; non che io ne dubitassi."

"Dov'è Barkley, questa sera?" chiese Doyle, probabilmente perché loro due erano arrivati insieme la sera prima e Val gli aveva detto che Barkley avrebbe soggiornato presso di lui.

"Questa sera aveva altri impegni, ma sono certo che passerà."

"Chi viene al Duca Malandrino, poi non vuole più andare da nessuna parte." Doyle spostò lo sguardo sul tavolo più vicino. "Ho ragione, ragazzi?"

Tutti sollevarono i boccali e Doyle ridacchiò; la pelle attorno ai suoi occhi azzurro chiaro formò piccole rughe di ilarità.

"Com'è avere Barkley e la sua famiglia in casa?" chiese Doyle. "Lui ha delle figlie, giusto?"

Val annuì. "Le ho viste solo ieri sera a cena." Il che significava che nemmeno in giornata aveva visto la loro istitutrice. Era stato tentato di intrufolarsi in biblioteca con la scusa di cercare un libro, ma aveva deciso di non infastidirle. Isabelle gli era sembrata davvero timorosa di perdere il lavoro nel caso il loro antico legame fosse emerso allo scoperto.

Ma di che razza di legame si trattava? Non si vedevano da un decennio. Ormai, erano solo semplici conoscenti. Rendersene conto gli bruciava, ma cos'altro avrebbe dovuto aspettarsi?

"Chi è che hai visto?" Il duca di Colehaven raggiunse il bancone e Doyle gli porse il suo boccale di peltro con 'Colehaven' stampigliato sopra.

"I miei ospiti," disse Val.

"La famiglia di Barkley ha portato il caos in casa tua?" chiese Cole.

"No." Ma la loro istitutrice aveva portato dell'altro. "Come stavo appunto dicendo a Doyle, li vedo di rado. E poi, sarà solo per due settimane. Forse anche meno."

"Sei un buon amico." Cole prese della birra e

lanciò un'occhiata di apprezzamento al boccale. "Questa è una birra fantastica, se posso dirlo."

"Anche tu sei amico di Barkley," osservò Val. "Non sei stato proprio tu a presentarci? Forse, lui avrebbe chiesto ospitalità a te, se tu non ti stessi preparando per il tuo matrimonio."

"Meglio per lui non essere venuto a casa mia. Diana ha già cominciato a riorganizzare tutto e nulla è al sicuro." Cole rabbrividì in maniera comica, ma Val vide l'affetto negli occhi del suo amico. Era davvero innamorato. Val aveva avuto quello stesso sguardo prima di sposare Louisa? Aveva avuto quello stesso sguardo dieci anni prima, quando aveva conosciuto Isabelle?

Avrebbe potuto chiederlo a Cole, che era stato presente durante entrambi i periodi. Ma che importanza aveva? Louisa era stata una licenziosa bugiarda e qualunque cosa lui e Isabelle avessero condiviso era stata passeggera; lo avevano saputo allora e lo sapevano ora. Ciononostante, lui non resistette alla tentazione di dire a Cole che lei era tornata.

Prese il boccale e guardò il suo amico. "Vieni a sederti per un po' con me nella saletta privata."

Cole prese la birra e seguì Val nella sala privata, un luogo più piccolo e più tranquillo con tavoli circondati da comode sedie imbottite dallo schienale alto, posizionate alla perfezione per conversare in maniera discreta. I due si recarono al loro tavolo preferito, nell'angolo vicino al caminetto. Nessuno sedeva lì se non era uno di loro a invitarlo.

La sala privata era piuttosto vuota, quella sera: solo pochi tavoli erano occupati. Il che era un bene, dato che Val aveva particolarmente voglia di segretezza.

Una volta che si furono seduti con le spalle al muro, Cole sorseggiò la sua birra prima di posare il boccale sulla superficie lucida del tavolo. "Qualcosa non va?"

"Cosa? No. Come ti viene in mente?"

Cole fece spallucce. "Sembravi piuttosto serio quando mi hai chiesto di venire qui."

"Non è nulla di serio. È..." Val si passò una mano tra i capelli e sentì una ciocca ricadergli sulla fronte, com'era normale. Prima o poi, avrebbe imparato a smettere di rastrellare con le dita l'acconciatura di cui il suo valletto era particolarmente orgoglioso, ma non sarebbe accaduto quel giorno. "Diamine, non lo so che cos'è." Incrociò lo sguardo di Cole, che era il suo migliore amico da quasi quindici anni, sin da quando erano stati i ragazzini al loro primo anno a Oxford. "Barkley ha portato l'istitutrice delle sue figlie. È Isabelle."

Cole lo fissò, rispecchiando l'incredulità che Val aveva provato quando aveva visto la donna il giorno prima. Quindi, il suo amico si sporse in avanti e mormorò, come se non fossero in un luogo isolato e in una stanza quasi vuota: "Isabelle Highmore?"

Val annuì mentre tornava ad appoggiarsi allo schienale della sedia. Sarebbe quasi riuscito a credere di aver sognato la presenza di Isabelle, ma in qualche modo, parlarne con Cole l'aveva concretizzata. "Isabelle Cortland, ora. È vedova e suo padre è morto."

"Ricordo di aver sentito della dipartita di lui. È l'istitutrice di Barkley, ora?"

"Da cinque anni. È dannatamente bizzarro, Cole."

Cole esalò il fiato. "Posso immaginarlo. O forse no: sono passati dieci anni dall'ultima volta in cui l'hai vista. Lei si ricordava di te?"

Val fissò Cole come se avesse appena detto qualcosa privo di senso, il che era poi ciò che era accaduto. "Ma certo che se ne ricorda. E non vuole avere nulla a che fare con me."

"E tu come fai a…" Cole strinse gli occhi nocciola. "Le hai fatto qualche avance?"

"No! Cristo, lo pensava anche lei."

"Se lo ha pensato anche lei, probabilmente tu lo hai fatto."

"Ho solo detto che l'avrei aiutata, se lei avesse avuto bisogno." Val esalò per la frustrazione. "Non riuscivo a credere che fosse diventata un'istitutrice. Non l'avevo mai immaginata in quel ruolo."

Cole sbuffò. "E siccome tu non l'avevi mai immaginata, come poteva essere vero?"

Val si appoggiò allo schienale, accigliato. "Forse non avrei dovuto parlarne."

"Chiedo scusa. *Perché* ne hai parlato?"

"Perché è qualcosa di notevole?" Pur essendosi tolto dalla testa Isabelle dopo aver sposato Louisa, Val aveva continuato a pensare a lei di tanto in tanto. La notte che avevano trascorso assieme era stata un'occasione unica, una notte che lui non aveva mai pensato si sarebbe potuta ripetere. "Abbiamo condiviso qualcosa di speciale."

"È vero," disse lentamente Cole. "È ancora così? Anche dopo Louisa?"

Cole, naturalmente, era a conoscenza dei danni provocati da Louisa. C'era un limite a quanto un uomo poteva sopportare da parte di una moglie dissoluta prima che la sua opinione delle donne in generale e del matrimonio in particolare crollasse.

"Sempre." Val si rese conto di aver pensato più spesso a Isabelle dopo la morte di Louisa; forse non consciamente, ma l'aveva sognata molte volte, aveva sognato una vita che, forse, un tempo sarebbe stata possibile.

"E ora lei dorme sotto il tuo tetto," disse Cole. "Quanto rimarrà alla tua porta la tentazione?"

"Due settimane." No, meno, ora. "Tredici giorni. O giù di lì."

"Speri di ripetere quello che hai fatto a Oxford?" Cole si mise comodo sulla sedia col boccale in mano.

"Non possiamo." Ma a voler essere onesto con se stesso, sì, ci sperava.

"Non sembri convintissimo."

No, non lo era, e all'improvviso capì perché aveva voluto parlare col suo amico. "Ho bisogno che tu mi convinca, cribbio."

"Hai detto che lei non vuole avere nulla a che fare con te. Questo è tutto quello che devi sapere. Mantiene le distanze e sopporta stoicamente i prossimi tredici giorni, quindi prosegui con la tua vita." Cole bevve dal suo boccale e lo posò sul tavolo.

"È facile a dirsi per te: stai per sposare la donna che ami e che ama te."

Cole lo guardò con la bocca spalancata. "Tu ami Isabelle?"

"No." Val non avrebbe mai più corso quel rischio, non dopo Louisa. "Volevo solo dire che è facile per te dare consigli: sei dannatamente felice."

"Non sono sicuro che quello che hai detto abbia un senso, ma se c'è una cosa che mi ricordo, è che quando si tratta di Isabelle Highmore – o Cortland, quello che è – il tuo modo di fare non ha mai un gran senso."

Probabilmente, era vero. Val era stato consumato dall'arguzia e dall'intelletto della donna e ammaliato dalla sua bellezza e dal suo fascino.

"Dunque devo starle lontano." Non era una domanda, ma un'ammonizione rivolta a se stesso. Cole aveva ragione.

L'amico annuì una singola volta e gli rivolse un'occhiata di scuse. "Sembrerebbe che sia meglio così. Ma se lei fosse interessata a te, la situazione sarebbe diversa."

"Intendi dire se volesse tornare a dove ci siamo lasciati dieci anni fa?" Diamine, cosa avrebbe fatto lui allora? L'avrebbe seduta nella minuscola camera da letto annidata sotto le gronde della sua casa londinese? L'avrebbe invitata a condividere la sua, di camera da letto?

"È una domanda accademica." Cole abbassò lo sguardo sul suo boccale. "Dimenticala."

Val era sicuro che così non sarebbe stato. Anche se si trattava solo di una vaga idea nel profondo della sua mente, forse avrebbe sognato per sempre ciò che sarebbe accaduto se Isabelle gli avesse mostrato la minima inclinazione di volerlo ancora. Cosa avrebbe fatto lui, in tal caso? L'avrebbe presa come sua amante, o si sarebbe abbandonato al piacere per una singola notte, come loro due avevano fatto dieci anni prima?

"A meno che tu non voglia sposarla," disse Cole, strappandolo ai suoi sogni a occhi aperti.

"Cosa?" Val strinse gli occhi per un istante.

"Potresti sposarla, se volessi."

Val scosse la testa a Cole. "Sembra che tu ti sia dimenticato chi è la persona con cui stai parlando."

"Mi hai detto tu stesso che Isabelle è speciale."

"No, ho detto che abbiamo *condiviso* qualcosa di speciale."

Cole abbassò il mento e guardò Val come se lui fosse pazzo, un idiota, o entrambe le cose. "Davvero vuoi farne una questione semantica? So meglio di chiunque altro come ti abbia torturato Louisa e quanto sia giustificata la tua amarezza, ma stiamo parlando di Isabelle. Di certo, lei è diversa."

Di certo. L'unica cosa di cui Val era certo era che non si sarebbe più reso vulnerabile ai dolori di cuore. Non per ricatturare una notte spettacolare. Non per alcun motivo.

"Ancora una volta, parli come un uomo dal futuro felice e assicurato." Val sollevò il boccale. "Brindiamo a questo."

"Cosa si festeggia?" La voce era quella di Jack Barrett, che era appena arrivato al loro tavolo.

"La felicità di Cole," disse Val. "Siediti. Stiamo bevendo il frutto dell'ultima ricetta di Cole."

Cole chiamò la cameriera mentre Jack si sedeva al tavolo.

"Spero sia amarissima," disse stancamente Jack. "Ho bisogno di qualcosa per mandare giù la giornataccia che ho avuto. Da quando hanno attentato alla vita del Principe Reggente, la Camera dei Comuni è una bolgia." Mentre la conversazione si spostava sugli affari di Stato, Cole lanciò a Val un'occhiata che voleva palesemente dire che sarebbe stato al suo fianco se Val ne avesse avuto bisogno.

Ma Val non avrebbe avuto bisogno di lui. Non aveva bisogno di nessuno.

CAPITOLO 4

Il terzo giorno del loro soggiorno presso la casa di città di Val, Isabelle si concesse di provare una modesta quantità di sollievo. Aveva fatto del proprio meglio per evitare il padrone di casa e, grazie ai suoi sforzi, non lo aveva più visto dopo quella prima sera in cui egli si era introdotto nella sua stanza.

Tutte le mattine, mangiava nella sala della colazione con le ragazze, che era anche il luogo dove pranzavano; nel mentre, facevano lezione nella biblioteca, che era spettacolare proprio come aveva immaginato Isabelle. Era rimasta sveglia fino a troppo tardi le ultime due notti, leggendo *Waverley*, e, mentre tutte e tre finivano di fare colazione, era ansiosa di vedere quali altre delizie avrebbe scoperto in giornata.

"Andiamo in biblioteca?" chiese alle ragazze.

Prima che le due piccole potessero rispondere, il loro padre entrò nella sala della colazione con un ampio sorriso sul volto. "Spero che non abbiate lezioni in programma per oggi pomeriggio, signora Cortland. La duchessa vedova porterà le ragazze – e voi – a fare acquisti."

Beatrice lanciò un gridolino di gioia, mentre la

reazione di Caroline fu più pacata. "E Gunter's?" chiese.

"Farete una sosta da Gunter's dopo aver finito in Bond Street. Io vi raggiungerò là e potrei anche portarvi una sorpresa." Il barone ammiccò e le ragazze si misero a chiacchierare animatamente.

Isabelle esalò rassegnata il fiato. Ci sarebbero voluti grandi sforzi per convincere le ragazze a concentrarsi sugli studi, quella mattina. "Andiamo ragazze; dobbiamo sconfiggere il latino e la matematica prima della nostra uscita."

Fu come se avesse rovesciato loro addosso un secchio d'acqua gelida. Le ragazze curvarono le spalle e uscirono dalla sala della colazione trascinando i piedi. Lord Barkley sorrise mentre lo oltrepassavano, ignaro dell'inconveniente che aveva appena causato. Era un padre gentile, ma piuttosto ottuso quando si trattava di governare la sua prole.

Il barone diede un borsello a Isabelle. "Assicuratevi di comprare qualcosina per le ragazze… e per voi." Guardò il cappello che Isabelle portava sulla testa. "Magari una cosina carina."

"Grazie, milord." Isabelle prese il borsello e se lo mise nella tasca del grembiule, dove teneva una matita e dei fogli di carta.

Dopo una mattinata frustrante, nel corso della quale le ragazze riuscirono a malapena a contenere l'entusiasmo, e un pranzo durante il quale le ragazze non mangiarono quasi nulla, Isabelle era più che pronta a liberare le due giovinette. Anzi, se avesse potuto farle uscire con la vedova e restare in casa, lo avrebbe fatto.

Quel pensiero era dovuto alla stanchezza dopo la lunga mattinata, o al fatto che lei era nervosa all'idea di conoscere la nonna di Val? Isabelle scelse di non rispondere e decise di smettere di farsi delle domande tanto sciocche.

Isabelle e le ragazze attesero all'ingresso l'arrivo della vedova. Ma, quando la porta si aprì, a fare il suo ingresso non fu una donna matura, ma una giovane, probabilmente di cinque anni più giovane di Isabelle.

"Buon pomeriggio!" esclamò allegramente la nuova arrivata da sotto un cappello a tesa larga sormontato da un mazzo di fiori scarlatti e piume arancioni. Il suo abito era giallo pallido e sbucava da sotto la pelliccia rossa. Coi suoi capelli d'oro lucido, gli occhi azzurri scintillanti e la bocca arcuata, costei doveva essere la sorella di Val.

"Sono lady Viola," disse la giovane, confermando i sospetti di Isabelle. "La nonna è nella carrozza – non voleva scendere solo per poi risalire – ma io ho voluto venire a salutarvi. Sono davvero felice di portarvi a fare un'uscita, oggi, anche se il tempo non promette bene." Isabelle immaginò si riferisse alla pioggia, che cadeva in maniera intermittente da tutto il giorno.

In segreto, Isabelle era felicissima di aver finalmente conosciuto la sorella di Val. "Siamo liete di conoscervi. Permettetemi di presentarvi la signorina Spelman e la signorina Caroline."

Lady Viola abbassò lo sguardo su Beatrice, che era più bassa di lei di soli cinque centimetri, e su Caroline. "È splendido conoscervi." Quindi, il suo sguardo caloroso si spostò su Isabelle. "E voi dovete essere la loro istitutrice. La signora Cortland, giusto?"

Isabelle avvampò nel rendersi conto di aver dimenticato di presentarsi. "Sì." Si affrettò a riverire e lanciò un'occhiata brusca alle ragazze per ricordare loro di fare lo stesso.

Beatrice si comportò splendidamente, mentre Caroline perse l'equilibrio e dovette ricomporsi alla svelta per non cadere.

"Ben fatto!" disse lady Viola. "Andiamo?"

"Sì, per favore," disse Beatrice; educatamente, ma con una nota di disperato entusiasmo.

L'interno della carrozza era ampio, con morbidi sedili di velluto blu scuro, ma fu comunque un po' complicato per Isabelle e le ragazze stringersi nel sedile rivolto verso la parte posteriore. La vedova sedeva sul sedile opposto, lo sguardo lucido e attento come quello di un rapace mentre le guardava dall'altra parte della carrozza.

Una volta che tutte ebbero preso posto, lady Viola, che sedeva accanto alla vedova, fece le presentazioni. "È un peccato che le ragazze siano sedute, nonna, perché sono bravissime nel riverire."

Caroline scosse la testa. "Non è vero. Io sono quasi caduta."

Isabelle toccò la mano della ragazzina, ma prima che potesse mormorarle di tenere per sé cose del genere, la vedova parlò. "Ragazza mia, non dovresti denigrarti. Non era necessario che io sapessi che la tua riverenza lascia a desiderare; non dichiarare mai a parole le tue mancanze. Tieni sempre la testa alta e comportati come se fossi la persona più elegante del mondo. A ogni modo, è importante padroneggiare l'arte della riverenza." La vedova lanciò a Isabelle un'occhiata severa. "Voi vi assicurerete che la bambina si eserciti due dozzine di volte al vostro ritorno a casa. Promettetemelo subito."

"Ehm, lo prometto."

La vedova strinse gli occhi. "Ehm'? Dove avete imparato a parlare?"

"A Oxford, Vostra Grazia."

La vedova parve prima inorridita, poi disgustata. "Voi non avete studiato a Oxford. Mi prendete per stupida?"

"Mio padre era il direttore di Merton College.

Mi ha istruita personalmente, Vostra Grazia. Vi prego di dimenticare il mio… errore di poco fa."

La vedova tacque per un istante, durante il quale Isabelle trattenne il fiato. Non voleva certo inimicarsi la nonna di Val. Non perché lei fosse sua nonna – che importanza aveva? – ma perché la vedova era una delle persone più potenti dell'alta società. Ma, a pensarci bene, perché doveva importarle di una cosa del genere?

"Siete coraggiosa. Mi piace. Non deludetemi."

"Ignorate la nonna," disse lady Viola, lanciando alla vedova un'occhiata di esasperazione simulata. "Le piace spaventare la gente." Sporgendosi in avanti, sorrise a Beatrice e a Caroline. "Non dovete lasciare che vi spaventi, così le piacerete ancora di più."

La vedova sbuffò.

Qualche minuto dopo arrivarono in Bond Street, e la loro prima tappa fu presso un commerciante di tessuti dove la vedova aveva intenzione di scegliere le stoffe con cui sarebbero stati confezionati degli abiti per lei e per lady Viola. Mentre scendevano dalla carrozza, la vedova guardò minacciosamente Beatrice e Caroline. "Non toccate *nulla.*"

La vedova prese il braccio della nipote e le precedette in negozio. Caroline si avvicinò a Beatrice e mormorò: "Non ti sei già stufata? Se non fosse per Gunter's, chiederei di tornare a casa di Sua Grazia."

"Ragazze, non si bisbiglia," disse Isabelle, anche se non poteva certo dar torto a Caroline.

Una volta entrate in negozio, l'irritazione delle ragazze svanì quando rimasero a bocca aperta alla vista delle sete, della mussola e dei velluti. Isabelle rimase loro vicina, temendo che Caroline non sarebbe riuscita a trattenersi dall'accarezzare uno di quei voluttuosi tessuti. Tenne d'occhio anche la vedova, che lady Viola accompagnò a uno dei banconi. Non appena ebbe fatto sedere la nonna su una sedia, lady Viola raggiunse Isabelle e le ragazze.

"Vorreste toccare dei tessuti?" chiese lady Viola con una scintilla negli occhi.

"Sua Grazia ha detto che non possiamo," disse mestamente Caroline.

"Sua Grazia non sa della zona speciale." Lady Viola agitò le sopracciglia pallide. "Venite con me." E le accompagnò in un angolo remoto del negozio.

Incuriosita, Isabelle le seguì, ansiosa di vedere perché la zona fosse 'speciale'. La risposta divenne presto evidente.

Nell'angolo c'erano due scatole: una piena di bambole e un'altra piena di vestitini realizzati con tessuti lussuosi e colorati quanto quelli che decoravano il negozio.

Caroline afferrò subito una bambola e un vestitino, quindi prese posto su una sedia. Beatrice era molto più reticente, ma Isabelle vide che moriva dalla voglia di imitare la sorella.

Anche lady Viola parve rendersene conto. Si mise al fianco di Beatrice e parlò a voce bassa, ma abbastanza forte perché Isabelle potesse sentire. "So che sei troppo grande per le bambole, ma queste si usano per fare dei campioni di abiti... molto piccoli. Il negoziante mette qui le bambole e i vestiti che non usano più, perché la clientela più giovane possa approfittarne. Studia pure i vestiti quanto vuoi."

Beatrice guardò la giovane, continuando a titubare, quindi lanciò un'occhiata a Isabelle, che le rivolse un cenno di incoraggiamento. Alla fine, abbandonò l'indecisione e si recò alla scatola di vestiti in miniatura. Dopo averne presi diversi, si sedette e li passò al setaccio con cura e ammirazione.

Lady Viola si mise accanto a Isabelle, che la ringraziò. "Come facevate a sapere di questa zona?"

La sorella di Val fece spallucce. "Qualche anno fa, ho convinto il signor Broomall a creare questa zona per tutte le povere bambine trascinate qui dalle loro madri. Ha alleviato molti problemi, non ultimo dei quali quello di proteggere la merce da certe manine."

"Sono certa che abbia adottato con entusiasmo la vostra idea."

"C'è voluta un po' di persuasione, ma alla fine così è stato." Lady Viola rivolse a Isabelle un'occhiata imbarazzata. "So essere molto insistente. Chiedete pure a mio fratello."

Non era necessario. Val le aveva detto che Viola era cocciuta e fin troppo intelligente. Sembrava che l'età avesse rafforzato quei tratti della personalità. Ciò che Isabelle non capiva era perché lady Viola fosse nubile. Era bella, intelligente, affascinante, e apparteneva a una delle famiglie più prestigiose d'Inghilterra.

All'improvviso, Isabelle si rese conto di ciò che lady Viola aveva appena detto: *Chiedete pure a mio fratello.* Credeva che tra di loro ci fosse della familiarità? Peggio, *sapeva* che tra di loro c'era *stata* della familiarità?

Isabelle volle mettere in chiaro che tra lei e Val non c'era nulla. "Temo di non conoscere davvero Sua Grazia. Non ho molte occasioni di parlare con lui."

"Lo immagino. Peccato. Mio fratello è molto divertente. Quando non è arrogante. Anzi, a volte la sua arroganza è divertente."

Isabelle rise prima di riuscire a trattenersi. Era una descrizione perfetta, o almeno, lo era stata dieci anni prima. Sembrava che Val non fosse cambiato poi tanto. Ripresasi, Isabelle disse: "Non volevo ridere. È solo che voi avete dipinto un quadro molto… *divertente*."

"Voi avete fratelli o sorelle, signora Cortland?"

Isabelle scosse la testa. "No. E voi me ne fate dispiacere."

"Se trascorreste del tempo con me e con Val – *Sua Grazia*," disse lady Viola, pronunciando le ultime parole in un tono enormemente pomposo, "potreste cambiare idea. Sappiamo essere davvero terribili l'una con l'altro. Ma solo perché ci troviamo insopportabili a vicenda." La giovane pronunciò quelle parole con tanta allegria da far sorridere Isabelle.

"Non vi credo. Sembra che vi vogliate molto bene, piuttosto." Isabelle sapeva che era così, perché glielo aveva detto Val. Il duca aveva profuso un grande impegno nel prendersi cura della sorella minore, soprattutto dopo che la loro madre era morta mentre lui era a Oxford.

"Scartate subito quell'idea, per cortesia. Se Val scoprisse mai che qualcuno tiene tanto a lui, la sua testa gonfierebbe di cinque volte le sue dimensioni attuali, già colossali." Lady Viola lanciò un'occhiata verso il bancone, dov'era seduta la vedova, giusto in tempo perché la donna matura contraesse le labbra al loro indirizzo.

Con un sospiro di scuse, lady Viola implorò Isabelle di perdonarla, quindi si recò dall'altra parte del negozio, dove sua nonna era intenta a osservare tessuti. Isabelle guardò Beatrice e Caroline prendere in mano fino all'ultimo indumento nella scatola. Le due ragazzine avevano abbandonato ogni decoro e ora chiacchieravano dei tessuti, delle finiture e di quanto sarebbe stato bello avere abiti così splendidi.

"Un giorno li avremo," disse con fermezza Beatrice. "La mamma dice che potrei sposare un duca."

"L'unico duca che abbiamo conosciuto è Sua Grazia, che è vecchio." Caroline fece una smorfia.

"Io non ho ancora conosciuto il *mio* duca, sciocchina. Non ho nemmeno debuttato. Comunque, Sua Grazia non è *così* vecchio, ed è piuttosto attraente, non credi?" Di fronte all'occhiata inorridita di Caroline, Beatrice levò gli occhi al cielo. "Certo che no. Hai solo dieci anni e non hai ancora capito… Come non detto."

Caroline le rivolse un'occhiata piccata. "Che i maschi – duchi compresi – sono insopportabili? L'ho sempre saputo. Sei tu che non ci sei ancora arrivata."

Isabelle era combattuta tra il ridere della combinazione di ingenuità e intuito di Caroline e inorridire per il fatto che Beatrice avesse definito "attraente" Val. La ragazzina era troppo giovane per pensare cose del genere e, a dispetto delle sue affermazioni, Val *era* troppo vecchio per lei.

Sciocchezze. Tuo padre aveva quattordici anni più di tua madre e Val ne ha solo sedici in più di Beatrice.

Ciononostante, il pensiero di una simile unione nauseava Isabelle.

È per via della differenza di età o perché si tratta di Val, che tu hai sempre voluto per te?

Ed ecco che aveva ripreso a farsi domande! Isabelle guardò nella direzione del bancone e vide che la vedova e lady Viola avevano finito. La giovane stava aiutando la donna matura ad alzarsi; dopo averlo fatto, la prese sottobraccio e la guidò verso la porta. Lady Viola scambiò quindi un'occhiata con Isabelle, che annuì in risposta.

"È ora di andare, ragazze," disse Isabelle.

"Potremo comprare qualcosa anche noi?" chiese Beatrice, in tono vagamente lamentevole. "O siamo venute solo a vedere loro che fanno acquisti?" La ragazzina lanciò un'occhiata nella direzione della vedova e di lady Viola, che stavano uscendo dal negozio.

"Potrete comprare qualcosa." Isabelle non sapeva se ciò fosse vero o meno, ma avrebbe fatto del suo meglio per assicurarsi che ciò accadesse. Il borsello datole da lord Barkley le appesantiva la tasca del mantello.

Per fortuna, la tappa successiva fu un negozio dove le ragazze scelsero dei nastri, e la vedova stupì tutte facendoli mettere sul suo conto. "Voi ragazze vi comportate molto bene. Questo dimostra che avete un'istitutrice capace." La vedova rivolse a Isabelle un'occhiata di approvazione.

Una volta tornate nella carrozza, la vedova chiese alle ragazze quali fossero le loro materie preferite.

"A me piace la storia," disse Beatrice.

"A me le lingue," disse con entusiasmo Caroline. "E la matematica. E la scienza."

La vedova guardò Isabelle inarcando un sottile sopracciglio grigio. "Voi insegnate loro la scienza?"

"Un po'. Qualcosa di geologia, biologia e astronomia."

Beatrice sorrise. "Adoro l'astronomia."

"Siete molto istruita," disse la vedova a Isabelle. "Non c'è da stupirsi che siate un'istitutrice. E tuttavia, siete 'signora'; immagino che siate stata sposata."

"Sì. Mio marito è venuto a mancare sei anni fa e io ho avuto la fortuna di trovare questo impiego presso la famiglia di lord Barkley."

"La fortuna è nostra," mormorò Beatrice. Il cuore di Isabelle si scaldò.

"Voi ragazze avete degli ombrelli?" chiese la vedova, cambiando bruscamente argomento.

"Quando ci fermeremo di nuovo, starà già piovendo."

"No," rispose Isabelle.

Lady Viola agitò una mano. "Non importa. Le portiamo da Dalwiddy's, nonna?"

"Certamente."

Qualche minuto dopo, si fermarono di fronte a un negozio che esponeva una varietà di parasole e ombrelli. Ancora una volta, la vedova prese l'iniziativa, comprando degli ombrelli per le ragazze e uno per Isabelle, alla quale parve strano accettare un dono del genere. Ma lo fece comunque, perché lady Viola la implorò silenziosamente di non rifiutare.

In seguito, la pioggia cominciò a cadere più violentemente e il gruppetto decise di dirigersi subito da Gunter's. All'interno del negozio di dolci, lady Viola fece sedere la nonna a un tavolo, quindi fece cenno a Isabelle e alle ragazze di accompagnarla al bancone. Beatrice e Caroline rimasero a bocca aperta di fronte alla varietà dei dolciumi.

"Non riesco a decidere cosa prendere," disse Beatrice, in tono preoccupato.

Caroline aveva gli occhi spalancati. "Voglio uno di tutto."

"Scegliete con calma," disse lady Viola.

L'uomo al bancone porse a lady Viola un piatto di sferette ricoperte di zucchero. "Grazie." Rivolgendosi a Isabelle, la giovane disse: "Sono i *diavolini*[1] alla menta della nonna. Qui sanno già che devono prepararglieli non appena arriviamo. Torno subito."

Isabelle aiutò Beatrice a scegliere un piatto di crema ai fiori di sambuco, mentre Caroline preferì un complesso cigno di zucchero filato. "È quasi troppo bello per mangiarlo."

"Quasi?" chiese sorridendo Isabelle.

"Oh, ma io lo mangerò." Caroline serrò le labbra con determinazione giovanile e seguì la sorella al tavolo della vedova.

Lady Viola tornò da Isabelle. "Avete deciso cosa prendere?"

"Non mi serve nulla," disse Isabelle.

"Ah, suvvia. Dovete prendere qualcosa. Anche solo qualche diavolino. La nonna preferisce quelli alla menta, ma i migliori sono quelli al cioccolato. Voi non diteglielo, però. Dovete provarne qualcuno." Lady Viola ordinò diversi dolci e Isabelle decise che non aveva senso mettersi a discutere.

"Papà!" Lo strillo gioioso di Caroline riempì il negozio e Isabelle voltò la testa per vedere lord Barkley entrare. Il barone non era solo.

Dietro di lui veniva l'uomo che lei aveva disperatamente cercato di evitare.

---

1. In italiano nell'originale (ndt).

CAPITOLO 5

*V*al si ritrovò di fronte alla scena di sua sorella accanto alla sua antica amante, entrambe in un atteggiamento molto amichevole. Per un attimo, si limitò a fissarle, chiedendosi quale fosse l'argomento della loro discussione. Isabelle sapeva tutto di Viola, ma sua sorella non sapeva nulla di Isabelle. E, probabilmente, la situazione sarebbe rimasta invariata.

Barkley andò a raggiungere le figlie, sedute con la nonna di Val. La vedova sembrava capacissima di gestire le ragazze: costoro sedevano dritte e ferme e, dopo l'iniziale reazione entusiasta di Caroline al loro arrivo, parlavano a bassa voce.

Raggiunto il bancone proprio mentre il commesso porgeva un piatto di diavolini a sua sorella, Val prese una delle sfere di zucchero e se la mise in bocca. "Delizioso." Guardò Isabelle. "Li avete mai provati?"

"Non ancora."

"Dovete provare." Val si trattenne a malapena dal prenderne un altro e metterglielo in bocca di persona. Cosa diavolo gli era saltato in mente? La risposta era semplice: di avere dieci anni di meno e di essere a Oxford, nel giorno in cui aveva comprato a Isabelle una scatola di dolci. Poi l'aveva baciata e aveva sentito il suo sapore, più dolce persino dello zucchero filato che le aveva dato.

Era una linea di pensiero particolarmente insidiosa, per cui Val la abbandonò subito. "Come sono andati gli acquisti?" chiese.

"Conosci la nonna," rispose Viola. "Ha comprato ombrelli per tutti e nastri per le ragazze."

Un piccolo gruppo di persone entrò nel negozio, spingendo Val a suggerire di sedersi. Guidò le donne al tavolo accanto a quello di sua nonna, che era già pieno. Tenne la sedia di Isabelle mentre lei si sedeva e ricevette immediatamente un'occhiata incuriosita da parte di Viola. Perché il galateo gli avrebbe imposto di far sedere sua sorella per prima. Proprio come dieci anni prima, Isabelle gli faceva perdere di vista il buonsenso.

Prima che Val potesse aiutare Viola, lei si sedette da sola. "Non mi ero resa conto che ci avreste raggiunti."

"Ho deciso di accompagnare Barkley."

Il barone, seduto al tavolo accanto, si voltò verso di loro. "Avevo promesso una sorpresa alle ragazze, ma temo che non sia pronta, per cui ho portato Sua Grazia, invece." L'uomo rivolse alle figlie un ampio sorriso, come se portare Val avesse dovuto in qualche modo far colpo su di loro.

Val vedeva che così non era stato. Ma lui, aveva fatto colpo su Isabelle? Lanciò un'occhiata di sottecchi nella direzione della giovane, che stava finalmente provando uno dei diavolini. Sollevatolo, schiuse le labbra e se lo mise in bocca, regalandogli una visione brevissima della sua lingua.

La nonna si raddrizzò, come se la sua schiena di ferro potesse irrigidirsi ancora di più, nel rivolgersi a Barkley. "Io e le ragazze stavamo parlando in greco prima del vostro arrivo, lord Barkley. Sono state ben istruite." La vedova lanciò una severa occhiata di approvazione a Isabelle prima di riportare lo sguardo grifagno sulle ragazze. "Ora ditemi: quali sono i vostri balli preferiti e quali strumenti suonate?"

La signorina Caroline fece una faccia che spinse la nonna di Val a inalare tra i denti. "Non abbiamo ancora imparato quelle cose."

Isabelle allungò una mano per sfiorare quella della ragazza, quindi avvicinò le labbra al suo orecchio e le mormorò qualcosa. La signorina Caroline annuì, quindi la sua espressione si rilassò. Mormorò: "Chiedo scusa."

Lo sguardo della nonna corse a Isabelle. "Non le avete preparate da questo punto di vista? La signorina Spelman avrebbe già dovuto cominciare a padroneggiare uno strumento musicale."

"Io non insegno musica o danza," disse Isabelle, giungendo le mani in grembo.

"Capisco." La disapprovazione della nonna era palese e Val osservò Isabelle in cerca di eventuali segni di reazione, ma non ve n'era nessuno. Isabelle era brava. Molto brava. O forse, non le importava dell'opinione della nonna di Val. Perché avrebbe dovuto?

Val non voleva che Isabelle si sentisse umiliata. "Nonna, la signora Cortland è una delle donne meglio istruite d'Inghilterra. Suo padre era molto rispettato a Oxford."

"Lo conoscevi?"

"Non dirigeva il mio college, ma ho partecipato ad alcune sue lezioni. Era un celebre studioso di letteratura greca." Era stato durante una di quelle lezioni che Val aveva conosciuto Isabelle, che si era seduta nelle ultime file, vestita da maschio. Solo Val se n'era accorto. Era stato l'ultimo a uscire e aveva visto Isabelle alzarsi. Il libro le era caduto e, quando lei si era chinata a raccoglierlo, le era scivolato il cappello e lui aveva visto ciò che lei aveva cercato di nascondere: il fatto di non essere un giovane studente, ma una bella ragazza.

"Non abbiamo assunto la signorina Cortland per insegnare alle ragazze la musica, il ricamo e tutta quella… roba da donne," disse Barkley. "A quello penserà qualcun altro." Il barone prese uno dei diavolini della nonna. Val sentì Viola sussultare e scambiò un'occhiata con lei. La nonna non divideva le sue mentine con *nessuno*.

Barkley si sfregò le mani, ignaro dello sguardo gelido che la nonna gli stava rivolgendo. "È ora di andare, ragazze. La vostra sorpresa è a casa. O meglio, nella residenza di Sua Grazia. Presto, noi *saremo* a casa. La casa in affitto potrebbe essere pronta prima del previsto."

Val si affrettò a prendere la parola prima che sua nonna accusasse Barkley del furto della mentina. "Perché voi vi recate più volte al giorno a tormentare i manovali. Verrebbe da pensare che la mia ospitalità lasci a desiderare."

"Certo che no!" Barkley rise giovialmente, ancora ignaro della collera della nonna. Passò lo sguardo su tutti, non solo sulle sue figlie. "Siete pronti, dunque?"

"No," disse freddamente la nonna. "Ma non lasciate che io vi impedisca di andare." Lanciò un'occhiata a Val. "Tu non andare, invece. Penserà la mia carrozza a portarti a casa."

Barkley si alzò e invitò le figlie a imitarlo. "Vi ringrazio per la vostra generosità, Vostra Grazia." Il barone si inchinò alla nonna di Val, per poi rivolgersi con aria di attesa alla signora Cortland, che si stava alzando. Lord Barkley andò ad aiutarla, sfiorandole la schiena con la mano mentre lei si alzava.

Val rimase deluso nel vedere Isabelle andarsene:

era l'unico momento che avevano trascorso insieme dalla prima sera. Non che quello fosse il genere di tempo che lui avrebbe voluto trascorrere insieme a lei. Val voleva restare da solo con lei, scoprire cosa fosse diverso e cosa fosse uguale a prima. Si rese conto di voler tornare indietro nel tempo, come se ciò fosse possibile.

Non lo era, e lui avrebbe fatto meglio a ricordarselo. Isabelle era una tentazione che non poteva concedersi, un ricordo da abbandonare.

Isabelle si alzò e fece una riverenza, nonostante la vicinanza del tavolo e delle sedie, alla vedova. "Grazia, Vostra Grazia." Quindi guardò verso Viola. "Lady Viola."

Viola le rivolse un ampio sorriso. "Spero di rivedervi, signora Cortland."

Barkley e Isabelle se ne andarono in compagnia delle ragazze e la nonna guardò subito Viola con occhi stretti. "Perché mai dovresti rivedere la signora Cortland?"

Stringendosi nelle spalle, Viola prese l'ultimo diavolino di cioccolata. "Magari le porteremo di nuovo a fare acquisti. Dovremmo andare da Hatchards. Credo proprio che a lei piacerebbe molto. E anche alle ragazze."

Sì, Isabelle doveva andare da Hatchards. Perché Val non ci aveva pensato?

"Non credo che dovremmo portarle di nuovo a fare acquisti," disse la nonna mentre allungava una mano verso l'ultima mentina. "Ho fatto un favore a Eastleigh e questo è sufficiente."

"Mi sembrava che ti piacessero," disse Viola con una nota di esasperazione.

"Questo non significa che io le debba viziare. Sono una donna impegnata, Viola. E poi, il padre delle ragazze è uno zotico." La nonna arricciò le labbra con aria disgustata prima di mettersi in bocca la mentina.

Val si rivolse a Viola. "Come le hai trovate?"

"Deliziose. Le ragazze sono curiose e affascinanti e la signora Cortland è spaventosamente intelligente. Mi piacerebbe accoglierla nella mia cerchia di amici."

La nonna emise un suono basso e quasi inelegante. "I tuoi amici sono gente bizzarra."

Viola non rimase minimamente offesa dall'affermazione della nonna. Se lei e Val si fossero rabbuiati ogni volta che la vedova esprimeva il proprio parere, avrebbero trascorso le loro vite in una condizione di irritazione perpetua. "Si potrebbe dire che *io* sia strana, ma so che non vuoi sentirne parlare."

"Hai ragione. Non voglio." La nonna si alzò e Val balzò ad aiutarla. "Andiamocene. Ho della corrispondenza da sbrigare, dato che il tempo non permette di passeggiare nel parco."

Quando raggiunsero la carrozza, il lacchè aiutò la vedova a salire. Val non resistette alla tentazione di chiedere a sua sorella: "Hai trovato la signora Cortland intelligente?"

"Molto. Vorrei aver avuto la sua istruzione." Nel tono di voce della sorella di Val risuonava un certo rammarico. Viola era ossessionata dalla parola scritta e scriveva da quando era grande abbastanza da prendere in mano una penna.

"Te la sei cavata bene, sebbene nostro padre sostenesse che non c'era bisogno che tu imparassi altro che il cucito, il ballo e i sorrisi falsi."

"I sorrisi falsi non me li hanno insegnati."

Val le offrì la mano per aiutarla a salire sulla carrozza. "Ecco perché ti vengono così male."

Viola gli rivolse un sorriso complice e allegro. "Già."

"Volete decidervi a salire?" chiese la nonna. "Fa molto freddo."

Nella carrozza, Val si preparò all'inevitabile. Non poteva aspettarsi di vedere sua nonna senza sopportare un interrogatorio seguito da una lezione.

"Quali sono le tue prospettive di matrimonio, Eastleigh?"

"Le stesse dell'ultima volta in cui ci siamo visti… quando, quattro giorni fa?

"Non essere impertinente," lo rimproverò la vedova dall'altra parte della carrozza mentre giravano attorno alla piazza. "Quest'anno compirai trent'anni. Comprendo la tua riluttanza a sposarti, dopo quel disastro che è stata la tua prima moglie, ma ora sei più maturo e più saggio, e sceglierai meglio. Se solo mi avessi permesso di scegliere la prima volta–"

Viola posò la mano su quella della vedova. "Se ben ricordi, io ti ho permesso di scegliere *mio* marito, e hai visto com'è finita."

La nonna non parve persuasa da quell'argomentazione; non che Val se lo fosse aspettato. Era un dibattito ormai antico. "Continuo a dire che non c'era nulla di male in lui. E anche se c'era, tu lo avresti raddrizzato: sei mia nipote, dopotutto."

Val trattenne un sorriso. Quando si trattava di una discussione – o di qualunque altra cosa, a dire il vero – la nonna non ammetteva mai la sconfitta.

"E lady Penelope?" suggerì la nonna. "È bene educata, molto bella, e ha un lignaggio impeccabile. Inoltre, ha l'aria di una che si spaventa con un'occhiata, per cui dubito fortemente che avresti gli stessi problemi che hai avuto con Quella Donna." La nonna non pronunciava mai il nome della moglie di Val, cosa che a lui andava benissimo.

"Nonna, tu spaventi *chiunque* col tuo sguardo, per cui questo significa ben poco," disse Viola.

Le labbra della vedova ebbero un guizzo, ma la nonna *non* sorrise. Sarebbe stato di cattivo gusto, secondo lei. "Questo è vero."

"Non credo nemmeno di sapere chi sia, questa lady Penelope," disse Val. Lo sapeva, naturalmente, perché Cole conosceva tutti e lui, in quanto migliore amico di Cole, finiva inevitabilmente col conoscere tutti a sua volta. Non che *conoscesse* lady Penelope. Ricordava vagamente di esserle stato presentato circa una settimana prima. Ma non poteva esserne sicuro.

La nonna gli rivolse contro il pieno peso della sua disapprovazione. "Se tu andassi da Almack's, conosceresti lei e molte altre giovani adatte a te. È mercoledì. Questa sera ci andremo."

Val non voleva andare da Almack's, né quella sera né mai. Rivolse alla nonna una smorfia di scuse. "Ho già degli impegni."

"Hai sempre degli impegni."

"Sono un membro importante della Camera dei Lord. Presiedo una commissione e–"

La nonna lo zittì agitando una mano. "La settimana prossima, allora. E non accetterò rifiuti."

Val strinse i denti, ma sapeva che non era il caso di discutere con la nonna. Si sarebbe semplicemente assicurato di trovare, per allora, qualcosa di molto importante che necessitasse della sua presenza. Chissà, forse sarebbe riuscito a convincere Cole ad anticipare il suo matrimonio. A mercoledì sera.

Diversi minuti dopo erano arrivati di fronte alla casa della nonna e lui era ansioso di sfuggire a nuove lezioni. "Posso tornare a casa a piedi."

"Non dire sciocchezze," disse la nonna. "Ti porterà il cocchiere. Sta per piovere di nuovo."

Il lacchè aprì la porta e Val salutò la nonna e la sorella. Il tragitto fino a Grosvenor Square richiese solo pochi minuti, dopodiché lui rimandò la carrozza a Berkeley Square.

Il maggiordomo di Val, Sadler, lo accolse in casa, ma la profonda ruga sulla sua fronte gli fece capire che qualcosa non andava. "Che succede?" chiese Val senza preamboli.

"Abbiamo dei nuovi ospiti, Vostra Grazia," disse a bassa voce Sadler mentre chiudeva la porta.

Val si tolse cappello e guanti e li porse a un lacchè. "Ospiti? Al plurale?"

"È arrivata lady Barkley, e non è sola."

Chi mai poteva aver portato con sé la baronessa? Per caso era accaduto qualcosa al figlio di Barkley, che studiava a Oxford? "Con lei c'è suo figlio?"

"Temo di no. Una nuova istitutrice."

Per tutti i diavoli. Val provò il desiderio immediato di andare in cerca di Isabelle. Cosa che non doveva assolutamente fare. Lasciò che la logica stemperasse il suo senso di offesa. Le ragazze avevano bisogno di un'istitutrice che insegnasse loro… cosa aveva detto Barkley? La roba da donne? Quelle cose che Isabelle non poteva insegnare, insomma. Doveva essere quello lo scopo della nuova arrivata.

E tuttavia, Val non riuscì a sopprimere una sensazione di disagio. "Abbiamo spazio in abbondanza."

"A dire il vero, no. Le due istitutrici dovranno condividere la stanza."

Val ripensò alle dimensioni della stanza di Isabelle e in particolare al letto stretto che, essendo lui una canaglia lussuriosa quando si trattava di lei, aveva attirato la sua attenzione. "Non è abbastanza grande."

"Dovremo farcene una ragione, signore. Ci stiamo lavorando proprio in questo momento."

"Tenetemi aggiornato. Voglio vedere come ve la caverete… ma ho forti dubbi. Nel frattempo, sarò nel mio studio." Perché non poteva andare a cercare Isabelle.

Mentre passava di fronte alla biblioteca, udì delle voci provenire dalla porta semiaperta. Mettendosi di sbieco, sbirciò dentro e vide Barkley appoggiarsi alla parete. Il volto del barone era contratto e le sue braccia erano saldamente incrociate, il che lo faceva sembrare decisamente a disagio.

"Non è giusto! Lei non mi piacerà mai!" Il rumore prodotto da una ragazza che scoppiava a piangere lacerò l'aria e la signorina Caroline uscì di corsa dalla biblioteca, quasi travolgendo Val nella fretta. Non si fermò nemmeno mentre gli passava accanto.

La rapida dipartita della bambina aveva schiuso ulteriormente la porta e ora Val poteva vedere tutto l'interno della stanza… e, allo stesso modo, gli occupanti di quest'ultima potevano vedere lui.

"No, vado io a cercarla," disse lady Barkley a Isabelle, che aveva fatto un passo verso la porta. "È *mia* figlia."

Lady Barkley, una donna sottile come un giunco, dai capelli prematuramente ingrigiti e con una bocca piccola che al momento era atteggiata in una smorfia serrata, si incamminò verso di lui. Il momento in cui lo vide si rifletté nello spalancarsi dei suoi occhi scuri e nel suo improvviso arrestarsi. La donna fece una riverenza impacciata. "Vostra Grazia. Vi prego di perdonare il comportamento di mia figlia."

"Mi dispiace vederla turbata."

Annuendo, lady Barkley lo ringraziò per la premura e lo oltrepassò in silenzio, le spalle rigide come un fazzoletto troppo inamidato.

Val osservò la scena in biblioteca. Barkley si era spinto via dal muro, ma sembrava ancora più stressato, a giudicare dalle rughe che gli circondavano bocca e occhi. La signorina Spelman era andata a circondare con le braccia la vita di Isabelle. Una sconosciuta – di sicuro la nuova istitutrice – si trovava dalla parte opposta della stanza, il volto pallido e le mani serrate di fronte a sé. Dimostrava qualche anno in più di Isabelle e sembrava forse ancora più turbata di Barkley. Cosa diavolo era successo?

"Beatrice, lascia andare la signora Cortland. Non se ne andrà subito."

Isabelle diede un buffetto sulla schiena della ragazza e chinò la testa per mormorarle qualcosa all'orecchio. La signorina Spelman annuì, quindi si districò da Isabelle. Lanciando un'occhiata nefasta a suo padre, si voltò e si incamminò verso la porta. Come aveva fatto sua madre, riverì Val prima di uscire.

Barkley lanciò a Val un'occhiata colma di imbarazzo. "Chiedo scusa per l'agitazione. Lasciate che vi presenti la nostra nuova istitutrice, la signorina Shipley." La sua attenzione, tuttavia, non era fissa sulla signorina Shipley, ma su Isabelle.

La signorina Shipley si produsse in una profonda riverenza. "Lieta di fare la vostra conoscenza, Vostra Grazia." Tenne lo sguardo fisso sul pavimento.

"Benvenuta." Val avrebbe voluto cacciare lei e Barkley, in modo da avere Isabelle tutta per sé. No, prima voleva dare un pugno a Barkley. Aveva detto che Isabelle se ne sarebbe *andata*. L'aveva licenziata, maledizione.

Val non fece nessuna di quelle cose, perché Isabelle gli rivolse una breve riverenza e mormorò: "Vi prego di scusarmi."

Poi se ne andò e Val dovette costringersi a mettere radici nel pavimento per non provare a fermarla.

CAPITOLO 6

Quando Isabelle raggiunse il terzo piano, aveva la sensazione di essere sul punto di esplodere. La rabbia, il dolore e la tristezza si erano fusi nel corso della salita, dando vita a una palla di fuoco che minacciava di farla esplodere dall'interno.

La porta della sua stanza era aperta e una coppia di lacchè stava cercando di costringere un secondo letto a entrare nel piccolo spazio.

"Non vedo come potrebbe starci," disse quello già dentro la stanza.

"Deve starci," disse quello fuori. "Il signor Sadler ha insistito."

"Che lo faccia lui, allora." Il primo lacchè sembrava piuttosto contrariato.

Beh, non era più contrariato di Isabelle.

Girando sui tacchi, tornò da dov'era venuta e pregò di non incrociare i suoi datori di lavoro, o peggio ancora… le ragazze. La povera Caroline era rimasta sconvolta. A Isabelle doleva il cuore per lei. Era arrivata molto vicina a legarsi a lei e a Beatrice e detestava l'idea di non poterle aiutare a raggiungere il loro pieno potenziale.

Isabelle deglutì oltre un doloroso groppo alla

gola. Aveva già affrontato e, soprattutto, sconfitto la delusione in passato. Quello non era il peggio che potesse accaderle, né il peggio che le *era* accaduto. Si era fatta strada attraverso povertà e disperazione e si rifiutava di tornare indietro.

Per fortuna, non incontrò nessuno mentre tornava al piano di sotto, non prima di raggiungere l'atrio. Il lacchè di stanza alla porta guardò nella sua direzione, ma lei allungò il passo.

Dopo aver svoltato a destra, oltrepassò rapidamente la biblioteca e si recò nello studio di Val. Era lì solo da pochi giorni, ma aveva imparato a memoria la pianta della casa per meglio evitarne il padrone. Fino a quel momento.

Ora era combattuta tra il desiderio di trovarlo lì dentro e la speranza che fosse altrove, in modo da non dover subire l'imbarazzo di fronteggiarlo da disoccupata.

Ma perché mai avrebbe dovuto sentirsi in imbarazzo? Non era colpa sua se lady Barkley aveva improvvisamente deciso di assumere un'altra istitutrice. E poi, era accaduto davvero all'improvviso? Per quanto ne sapeva Isabelle, la baronessa aveva in mente da tempo quella mossa. Chissà, forse le 'visite' alla zia 'malata' erano state in realtà colloqui per trovare la sostituta di Isabelle. Il pensiero non fece che riaccendere la rabbia e la sofferenza per quel licenziamento sconcertante.

Perché la baronessa non aveva detto a Isabelle di volerla sostituire? Se lo avesse fatto, lei avrebbe potuto cercare un altro lavoro mentre lady Barkley cercava una nuova istitutrice. Ma, per chissà quale motivo, lady Barkley non aveva voluto farle quella cortesia.

La porta dello studio era socchiusa, ma lei dovette spingerla per entrare. Val sollevò lo sguardo dalla scrivania, alla quale stava esaminando un fascio di documenti che aveva impilati di fronte a sé.

Il duca si alzò e girò attorno alla scrivania. Era bellissimo, più ancora di dieci anni prima; le rughe sottili attorno ai suoi occhi erano la prova del fatto che rideva ancora come faceva all'epoca in cui l'aveva conosciuta.

L'uomo si trattenne dal prenderle le mani, ma era chiaro che era stato sul punto di farlo. Invece, lasciò ricadere le braccia lungo i fianchi. "Isabelle, mi dispiace molto per il vostro lavoro."

"Sono venuta a chiedervi in prestito della carta. E una penna. Beh, la carta non sarebbe in prestito, dato che intendo usarla per scrivere e spedirla. Ma vi restituirò la penna. Dovrò inoltre prendere a prestito il vostro studio, per fare ciò che devo. Temo di non poter usare la mia stanza, visto che due lacchè ci stanno al momento ficcando un secondo letto, e preferirei stare lontana dalla biblioteca nel caso—"

Abbandonando l'esitazione, Val le prese la mano e Isabelle fu calmata in un istante dal suo tepore e dalla sua forza. "Sproloquiate ancora quando siete turbata."

"Quando mai mi avete vista turbata?

Val inarcò un sopracciglio. "Quando uno degli studenti di vostro padre rubò la vostra composizione sulle *Lettere inglesi* di Voltaire."

Isabelle se lo ricordava, naturalmente. Allora, Val aveva capito la sua rabbia. Anzi, se lei non ricordava male, l'uomo aveva preso la situazione in pugno. "Non gli avete fatto un occhio nero al pub, quella sera?"

Quando sorrise, il duca parve orgoglioso così come lo era stato allora. "Con gioia." Il suo sorriso svanì. "Devo dare un cazzotto anche a Barkley? Mi piacerebbe."

"Per quanto ciò sarebbe soddisfacente, voi non siete più il Duca Malandrino di Eastleigh. O almeno, lo spero. Di certo, sarete maturato."

Val si appollaiò sul bordo della sua scrivania e incrociò le braccia di fronte al petto. "Pensavo che vi piacesse, il Duca Malandrino di Eastleigh."

Era vero… le era piaciuto anche troppo. "Il suo essere malandrino mi aveva contagiata. Il che non era giusto. Ero… deviata come lui." Isabelle scosse la testa. "Non sono venuta qui per rivivere il passato. Devo scrivere delle lettere, visto che mi trovo nella necessità di trovare un impiego."

Val ebbe un sussulto e gesticolò verso una delle poltrone a vela posizionate ad angolo di fronte al caminetto, dove ardeva un fuoco basso e piacevole. "Volete sedervi?"

Isabelle non voleva sedersi; voleva scrivere. Ma prima, aveva bisogno che Val le fornisse ciò che lei gli aveva chiesto. Aggrappata alla pazienza per un filo, si recò alla poltrona e si appollaiò sul bordo.

Val sedette sull'altra poltrona, la qual cosa fece sì che le loro ginocchia distassero sì e no una trentina di centimetri. Isabelle indietreggiò sul cuscino della poltrona. Val aggrottò di scatto la fronte, quindi la abbassò lentamente, il che indicava che aveva notato il movimento. Per fortuna, l'uomo non disse nulla, anche se lei era più che pronta a dirgli che sarebbe stato meglio mantenere le distanze.

"Sarei felice di affrancare le vostre lettere," si offrì il duca. "E, per favore, non ditemi che non potete accettare il mio aiuto. Non è nulla. E poi, non credo proprio che vogliate chiederlo a Barkley."

A dire il vero, lei aveva pensato di chiedere a Val di farlo. "Grazie. Avete ragione. Non voglio chiederlo a lord Barkley."

Val si acciglò. "Perché non hanno semplicemente assunto questa nuova istitutrice per coprire le materie che voi non potete insegnare? Di certo, ella non è istruita come voi e non può assistere le ragazze nell'apprendimento di tutte le materie che voi conoscete."

Le lodi dell'uomo scacciarono in parte la disperazione. "Ho sollevato le stesse obiezioni. Tuttavia, lady Barkley ha detto che non è necessario che le ragazze imparino tutto ciò che io insegnavo loro; che era troppo." E poteva essere vero, soprattutto per una donna male istruita come lady Barkley; ma Isabelle temeva che il vero motivo dietro al suo licenziamento fosse la gelosia di lady Barkley nei confronti del rapporto stretto da lei con Beatrice e Caroline.

"Che miopia incredibile. Beh, vi troveremo una posizione migliore. Ci sono famiglie molto più influenti di quella di lord Barkley. Mia nonna farà in modo che voi abbiate il miglior impiego—"

Isabelle lo interruppe. "No. Non ho bisogno dell'aiuto di vostra nonna, né lo desidero. È chiaro che lei mi ha trovata mancante di certe capacità. Dubito fortemente che mi raccomanderebbe come istitutrice."

Il duca si accigliò. "In tal caso, forse è sbagliato chiamarvi 'istitutrice'. Voi siete un precettore. Potreste insegnare anche a dei giovani uomini, non solo alle donne."

Isabelle era d'accordo, ma si trattava di uno scenario impossibile. "Nessuno mi assumerà per dare lezioni ai suoi figli maschi."

"Avete pensato di insegnare in una scuola? È dannatamente ridicolo che non possiate insegnare a Oxford. Siete più intelligente di molti accademici," aggiunse Val.

Isabelle aveva fatto ben più che pensarci. Avrebbe voluto diventare direttrice di una scuola sua e aveva risparmiato denaro quasi sufficiente a comprarne o fondarne una nel giro di uno o due anni. La perdita del lavoro avrebbe costituito un passo indietro, a meno di non trovare subito un'altra posizione. Forse avrebbe dovuto accettare l'aiuto della vedova… sempre che la vedova fosse disposta a offrirglielo. Isabelle non condivideva la certezza di Val, ma del resto, non conosceva sua nonna bene quanto lui.

E tuttavia, detestava l'idea di accettare un nuovo impiego da istitutrice quando aveva in mente di lasciarlo in breve tempo. Si era chiesta come avrebbe fatto a dire addio a Beatrice e a Caroline; anzi, aveva temuto quel momento. E ora che esso era arrivato, Isabelle era travolta dalla tristezza. Davvero voleva sopportare di nuovo una cosa del genere?

"Vedo che siete immersa in pensieri profondi," mormorò Val. "Dev'essere stato un duro colpo."

Isabelle sollevò lo sguardo e incrociò il suo. "Temo che non sia cosa rara. Vi sono grata per l'offerta di inviare la mia corrispondenza."

L'uomo esalò il fiato. "Sono lieto che voi me lo permettiate. Voglio offrirvi anche un'altra cosa, che voi non potete rifiutare. Vi trasferirete in una delle stanze per gli ospiti al secondo piano."

Isabelle avrebbe voluto rifiutare. Avrebbe *dovuto* rifiutare. "E se non accettassi?"

"Come ho già detto, non vi è permesso. Dirò alla signora Watkins di spostare subito le vostre cose." Ecco l'arroganza tipica di Val.

"Dovrei rifiutare."

"Non potete. Non ho abbastanza spazio e, salvo che non vogliate dividere l'armadio con la vostra sostituta, starete in una stanza per gli ospiti."

A metterla così, Val aveva ragione. "No, non posso rifiutare," mormorò Isabelle. Detestava non avere scelta, ma d'altro canto, avrebbe dovuto esserci abituata.

Val si alzò. "Prendete pure carta e penna. La penna è sulla scrivania e la carta è nel primo cassetto a sinistra. Spostate i miei documenti."

"Di che si tratta?" chiese Isabelle, guardando la scrivania.

"È la bozza di una proposta di legge sui pesi e le misure. Sarà il mio amico Colehaven a presentarla. La sua fidanzata ha contribuito a redigerla."

Isabelle si alzò e si recò alla scrivania. "Una donna?"

"È molto intelligente. Credo che andreste perfettamente d'accordo."

Peccato che non si sarebbero mai conosciute. A meno che la fidanzata di Colehaven non avesse bisogno di assumere un'istitutrice, il che non era palesemente il caso, dato che ella non era ancora nemmeno sposata.

"Vi ricordate di Cole?" chiese Val.

Isabelle lo guardò, ripensando ai due duchi malandrini che, per un po', avevano fatto parlare di sé in tutta Oxford. Alcuni li avevano trovati peggio che insopportabili, ma al padre di Isabelle erano piaciuti entrambi. E, naturalmente, lei era rimasta completamente affascinata da Val. "Certo. Sta per sposarsi?"

"Sì, presto."

Isabelle non riuscì a non pensare al matrimonio di Val. Aveva letto della cerimonia sul giornale, più o meno all'epoca della morte di suo marito. Il sollievo dovuto alla libertà era stato eclissato dalla tristezza nello scoprire che Val non era più libero. Aveva forse pensato di aver avuto la possibilità di diventare la sua duchessa? No; era assurdo. Lo aveva saputo allora come lo aveva saputo dieci anni prima. Come lo sapeva ora.

"Pregherò che il suo matrimonio sia più felice dei nostri."

Val fece un passo verso di lei, lo sguardo cupo. "Il vostro era un matrimonio infelice?"

Sì, ma Isabelle non intendeva dirlo ad alta voce. "Volevo solo dire che entrambi abbiamo perso il nostro coniuge molto presto. Non è un finale molto felice."

L'uomo la osservò per un istante, lo sguardo fisso, prima che le sue spalle si rilassassero e la tensione nella sua mascella si allentasse. Il matrimonio di Val era stato infelice? Isabelle ripensò alla sua reazione quando lei aveva menzionato la morte di sua moglie e provò il desiderio di chiederglielo, ma non osò farlo. Erano cose intime, sulle quali non era opportuno che loro due si soffermassero.

"Vi accompagno alla vostra stanza." Val fece per incamminarsi, quindi esitò e si voltò di nuovo verso di lei. "Accompagnerete lord e lady Barkley quando la loro casa di città sarà pronta?"

"Presumo di sì. Sua Signoria ha detto che potrò restare per tutto il tempo necessario, ma lady Barkley ha suggerito fortemente che dovrei riuscire a trovare qualcosa nel giro di due settimane. Lo interpreto come un invito a lasciare la loro casa entro tale scadenza." Forse, la rabbia e la sofferenza di Isabelle erano la causa di quell'interpretazione, ma quale che fosse la ragione, lei aveva intenzione di lasciare la casa dei Barkley il prima possibile. Avrebbe usato i suoi risparmi per affittare un appartamento, se necessario.

Gli angoli della bocca di Val si abbassarono e i suoi occhi si strinsero. "Non vi cacceranno senza che abbiate un nuovo impiego."

"No, non riesco a immaginare che possano farlo." Ciò era stato vero fino a quel momento. Fino a quando lei non aveva visto il trionfo negli occhi di lady Barkley. Era stato allora che Isabelle aveva capito che la donna voleva sbarazzarsi di lei.

"Potete restare qui tutto il tempo necessario."

Isabelle lo fissò. "La qual cosa non causerebbe certo uno scandalo." Il sarcasmo nel suo tono di voce strappò quasi un sorriso a Val.

"Sono sicuro che riuscirò a trovare una giustificazione per la presenza di una donna dall'intelligenza eccezionale nel mio staff. Potrei assumervi come mia segretaria."

"Non avete già un segretario?"

"Sì, ma di certo posso giustificare il fatto di averne due." Il duca ammiccò e il cuore di Isabelle palpitò. Per un breve istante, fu tentata di lasciare che Val si prendesse cura di lei, che raddrizzasse le storture del suo mondo.

Ma non lo avrebbe fatto. Se c'era una cosa che aveva imparato, era che poteva contare su una sola persona: se stessa.

CAPITOLO 7

"*Eastleigh!*"

Quella sera, Val si limitò a un cenno di saluto prima di sedersi tra Cole e il futuro cognato di Cole, Thad Middleton. Quando Doyle gli portò il suo boccale di peltro, Val ne trangugiò il contenuto, per poi restituirgli il contenitore vuoto senza dire una parola.

"È dai tempi di Oxford che non ti vedevo bere una birra in quel modo." Sebbene il tono di voce di Cole fosse carico di ironia, Val colse una punta di preoccupazione.

"Diciamo solo che sto affrontando dei problemi che non avevo dai tempi di Oxford."

Cole aggrottò la fronte per un breve istante prima di sorseggiare la sua birra. Quindi si alzò dalla sedia. "Scusateci per un momento, Middleton. Eastleigh e io dobbiamo discutere di alcune faccende riguardanti il Duca Malandrino." L'altro uomo lanciò un'occhiata a Val e accennò col capo alla saletta privata.

Val si alzò e lo seguì al tavolo d'angolo, prendendo lungo il percorso il boccale che Doyle aveva riempito di nuovo.

"Allora, cosa c'è?" chiese Cole non appena si fu seduto.

"Barkley ha assunto una nuova istitutrice per sostituire Isabelle."

Cole ebbe un sussulto. "Che imbarazzo. Non poteva aspettare di uscire da casa tua?"

"A quanto pare, no. Come puoi immaginare, la casa è stracolma, tra loro e la servitù che si sono portati dietro. Isabelle, al momento, risiede in una stanza per gli ospiti accanto alla mia camera." Val lanciò un'occhiata a Cole da sopra l'orlo del boccale prima di bere un sorso.

"Sembra proprio… comodo."

"L'alternativa era comprimere la nuova istitutrice in una stanzetta con lei. Quello che sarebbe stato sgradevole in circostanze normali sarebbe divenuto completamente inaccettabile. Riesci a immaginare di dividere una stanza grande quanto un guardaroba con la persona che ti ha rubato il lavoro?"

"Immagino che non l'abbia precisamente *rubato*…"

Val lo fulminò con lo sguardo e fu soddisfatto quando Cole non concluse quell'osservazione ridicola e superflua.

"Sei molto turbato da questa faccenda," disse Cole.

"Non dovrei? Isabelle è la donna più intelligente che conosca. Se c'è un'istitutrice migliore là fuori… No, ripensandoci, non esiste un'istitutrice migliore. Ce ne sono solo di diverse. D'accordo, lei non suona strumenti né insegna… roba da donne. Barkley avrebbe potuto assumere questa nuova istitutrice in aggiunta a Isabelle."

"Glielo hai fatto notare?"

Lo sguardo di Val corse a incrociare quello di Cole. "No. Dovrei?" Poi, lui agitò una mano. "Come non detto. Probabilmente, è già abbastanza bizzarro che io dia alloggio a Isabelle in una stanza per gli ospiti. Se mi rivolgessi a Barkley per conto suo, sono certo che lei non apprezzerebbe. Ho dovuto costringerla a trasferirsi nella stanza degli ospiti e, se lei non avesse avuto di fronte la prospettiva di dividere la sua camera con la sua sostituta, non sono certo che avrebbe accettato."

"Costringerla? Spero che tu non stia facendo il cretino arrogante."

"Certo che no. Sto solo cercando di aiutare un'amica in difficoltà."

"Un'*amica*. Che dorme nella stanza accanto alla tua. Ti comporterai bene?"

"Devo. Isabelle ha messo in chiaro che non le interessa riesumare il passato. È assolutamente concentrata sulla ricerca di un nuovo lavoro. Tu conosci tutti: chi è che ha bisogno di un'istitutrice?"

Cole circondò il boccale con le mani. "Tanto per essere chiari: intendi un'istitutrice che non insegna… Cos'è che avevi detto? 'Roba da donne'?"

"È un grosso ostacolo?"

Cole fece spallucce. "Cosa ne so? Vedrò cosa riesco a trovare."

Qualcuno gridò 'Eastleigh' dalla sala principale; al grido si accompagnò un coro di risate. Val e Cole voltarono la testa in quella direzione.

"Qualcuno ti sta impersonando?" chiese Cole. "Sembrerebbe che tu sia appena entrato, ma tutti sanno che sei in questa stanza."

"Andiamo a indagare." Val si alzò e Cole lo seguì nella sala principale.

"Eastleigh." Middleton fece loro segno di avvicinarsi e i due riassunsero i posti che avevano lasciato liberi poco prima.

"Jack è appena tornato da Brooks's con delle novità."

Jack si sedette accanto a Cole, il bicchiere già di fronte a sé. "Sapete che io non spettegolo e non seguo le sciocche scommesse che fanno da White's. Tuttavia, ero a una riunione a Brooks's quando ho sentito parlare di una nuova scommessa e ho avuto la certezza che voi avreste voluto essere informato." L'uomo guardò dritto verso Val. "Ora che Colehaven è sposato, sembra che voi siate lo scapolo più ricercato della Stagione. Qualcuno ha scommesso che sarete il prossimo a sposarvi."

"E chi mai accetterebbe una scommessa del genere?" chiese Middleton. "Chiunque l'abbia lanciata è un imbecille."

"L'ultima volta che ho contato, c'erano almeno una dozzina di scommettitori." Jack lanciò un'occhiata di solidarietà a Val. "Senza dubbio, verrete preso d'assedio al prossimo evento sociale a cui parteciperete."

"È una caccia all'uomo, insomma." Middleton scosse la testa. "Che barbarie."

"Ho deciso che sarebbe stato meglio mettervi in guardia," disse Jack.

"Grazie... credo." Val cominciò a pensare a un viaggio in Scozia. O magari in India. Forse in Australia. Sì, vivere in mezzo ai galeotti sarebbe stato meglio del circo in cui stava per essere coinvolto.

"Se vuoi, puoi anche non partecipare mai più a un evento sociale," mormorò Cole. "Ma non azzardarti a perderti il mio matrimonio o il banchetto di nozze."

Naturalmente, Val non lo avrebbe mai fatto. "Verrò travestito."

Cole sorrise da un orecchio all'altro. "Fallo, ti prego. Diana ne sarebbe felicissima."

"Mia nonna non lo sarebbe. E non lo sarà per nulla di tutto questo."

"Ha rinunciato a costringerti a risposarti?" chiese Cole.

"Assolutamente no. Anzi, ha raddoppiato gli sforzi. Ma sai cosa pensa della notorietà. Non ne sarà felice e compatisco i gentiluomini che hanno fatto la scommessa, nel caso dovessero mai trovarsi nelle vicinanze della nonna."

Cole rabbrividì. "Già." Bevve un sorso di birra mentre la conversazione attorno a loro si spostava su altri argomenti. Tenendo la voce bassa, disse: "Hai intenzione di risposarti, vero? Mi rendo conto che non abbiamo mai davvero parlato, ma considerato il titolo e le responsabilità che hai–"

"Vuoi davvero darmi una lezione sulla responsabilità di un duca?"

"Hai ragione: sono stato indiscreto. So che è un argomento delicato ed è giusto che lo sia. Chiedo scusa."

"Non c'è bisogno di scusarsi," borbottò Val. Perché Cole aveva ragione. Di nuovo. Val aveva della responsabilità, il che significava che era suo dovere sposarsi. Il solo pensiero gli raggelò il sangue e gli rimescolò le viscere per la nausea.

Dal punto di vista logico, sapeva che la probabilità che lui sposasse un'altra donna come Louisa era molto scarsa. Ma a volte, la logica era sopraffatta da emozioni elementari come la paura e l'insicurezza. Lui aveva scelto Louisa di sua spontanea volontà. E aveva commesso l'errore più grave della sua vita.

Si sarebbe risposato? Sì, quando i cancelli dell'inferno sarebbero stati coperti di ghiaccio.

Se le lezioni del giorno prima erano state faticose a causa dell'entusiasmo delle ragazze per il giro di acquisti imminente, quelle del giorno corrente furono addirittura dolorose. Tra l'imbarazzo provocato dalla condivisione dei doveri tra Isabelle e la signorina Shipley, e la tristezza e la rabbia travolgente delle ragazze – Beatrice tendeva più alla tristezza, mentre Caroline era resa petulante dalla rabbia – la mattinata fu una vera e propria sofferenza.

Dopo le lezioni di scienza e latino, nel corso delle quali la signorina Shipley si dimostrò incapace di tenere il passo, Isabelle cedette il posto alla donna più matura, che introdusse entrambe le ragazze ad ago e filo. Si spostarono dal tavolo ad alcune poltrone vicino al caminetto, dove un allegro fuoco riscaldava l'ampia stanza.

Seduta su una poltrona rivolta verso un divanetto sul quale Isabelle sedeva in mezzo alle ragazze, la signorina Shipley aprì un cesto ed estrasse tre telai da ricamo coperti di stoffa. Dopo averne passato uno a Beatrice e uno a Caroline, tornò al cesto ed estrasse aghi e filo. Poi guardò Isabelle. "Temo di non avere un quarto telaio."

"Non c'è problema," disse Isabelle, sollevata. Forse avrebbe potuto evitare quella lezione.

Caroline incrociò le braccia e lanciò alla signorina Shipley un'occhiata di ammutinamento. "Non voglio ricamare." Ripensandoci, Isabelle decise che era il caso di restare.

"Magari, oggi potresti solo guardare," disse gentilmente la signorina Shipley.

Isabelle si dispiacque per la donna. Lei non aveva colpe. Era stata assunta per fare un lavoro e stava semplicemente cercando di svolgerlo.

"Proverò io," disse Isabelle, nella speranza di

rafforzare la sicurezza della signorina Shipley e dimostrare a Caroline che il ricamo non era poi tanto male.

Dieci minuti e diverse punture dopo, Isabelle cambiò opinione. Il ricamo era chiaramente un'invenzione del demonio. Lei sapeva riparare uno strappo e cucire un bottone, ma trafiggere il tessuto con un ago allo scopo di creare un disegno era chiaramente oltre le sue capacità.

La signorina Shipley sciolse il secondo nodo che Isabel aveva creato e le restituì il telaio. "Fate con calma. Una volta padroneggiato un singolo punto, il resto risulterà facile."

In quel momento, padroneggiare un singolo punto le sembrava fattibile come sedere alla Camera dei Lord. E tuttavia, Isabelle intendeva persistere. Era importante che le ragazze imparassero a non arrendersi di fronte alle avversità. O agli aghi assassini.

"Ce l'ho fatta!" esclamò Beatrice, presentando una fila di punti perfetti a Isabelle.

Sorridendo, Isabelle lanciò un'occhiata alla nuova istitutrice, che le stava guardando con un'espressione simile all'invidia. "Falli vedere alla signorina Shipley," disse Isabelle a Beatrice.

Beatrice presentò il ricamo alla signorina Shipley, ma aveva perso parte della gioia che aveva mostrato un istante prima. Ci sarebbe voluto del tempo perché le due ragazze accogliessero quella donna nuova nelle loro vite. Isabelle sperava solo che la signorina Shipley sarebbe stata paziente. Ma stando a ciò che aveva visto fino a quel momento, credeva che sarebbe andata così.

Rivolgendosi a Caroline, che era seduta accanto a lei, Isabelle le chiese se volesse tentare.

Caroline scosse la testa. "No. Il ricamo è noioso. E pericoloso. Vi sanguina ancora il dito."

Isabelle abbassò lo sguardo e vide che una piccola macchiolina rossa si era formata sul tessuto. Sussultò e lanciò un'occhiata di scuse alla signorina Shipley.

"Come vanno le cose questa mattina?" Lady Barkley entrò in biblioteca e camminò leggiadra per porsi tra la poltrona della signorina Shipley e il divano. "Una lezione di ricamo; che bellezza." Mentre passava lo sguardo sul divanetto, si accigliò. "Perché non stai cucendo, Caroline?"

"Non voglio." Caroline non cercò nemmeno di cancellare l'amarezza del proprio tono di voce.

"Caroline, smetti subito di fare i capricci." Lady Barkley rivolse la propria attenzione verso la signorina Shipley. "Perché la signora Cortland sta cucendo e Caroline non lo sta facendo?"

La signorina Shipley fissò la baronessa e parve avere qualche difficoltà a formulare le parole. Isabelle accorse in suo aiuto. "Quando Caroline ha dimostrato riluttanza a provare, ho pensato di mostrarle quanto il ricamo possa essere piacevole."

"Però non lo è, perché continuate a fare dei nodi e ci avete sanguinato sopra." Le lacrime colmarono gli occhi di Caroline e Isabelle dovette trattenersi dallo stringere la ragazza in un forte abbraccio. Lo avrebbe fatto, se lady Barkley non fosse stata lì a fissarle con severa disapprovazione.

"Sembrerebbe che io sia arrivata al momento giusto per suggerire una passeggiata. Forza, ragazze: i vostri cappelli e i vostri guanti sono all'ingresso." Lady Barkley contrasse le labbra all'indirizzo di Isabelle, soffermando lo sguardo sul fazzoletto macchiato di sangue nel suo grembo. "Forse voi dovreste restare qui e lavorare sulle vostre doti di ricamatrice."

Combattuta tra il desiderio di trascorrere quanto più tempo possibile con Beatrice e Caroline e il sollievo per il non dover sopportare lady Barkley – quando la donna era diventata sua nemica? – Isabelle cedette al sollievo. "Farò così. Grazie."

"Devo venire anch'io?" chiese la signorina Shipley.

Lady Barkley guardò la nuova istitutrice come se ella fosse stupida. "Naturalmente."

La signorina Shipley si alzò con alacrità e Beatrice la imitò, lanciando però a Isabelle un'occhiata triste che le strinse il cuore.

Lady Barkley rivolse uno sguardo di attesa alla figlia minore. "Caroline?"

Alzandosi con grande riluttanza, Caroline emise un sospiro frustrato. Isabelle diede una stretta alla mano della ragazza e le offrì un sorriso di incoraggiamento. Ancora mesta, Caroline uscì a grandi passi dalla stanza.

Non appena le altre se ne furono andate, Isabelle posò il ricamo rovinato nel cesto della signorina Shipley. Non aveva alcuna intenzione di ricamare quando aveva bisogno di trovare lavoro.

Invece, andò nella sua stanza, una camera splendidamente arredata con un letto a baldacchino, un armadio e un cassettone, un caminetto grande e caldo e, soprattutto, una scrivania. Quel giorno avrebbe scritto delle altre lettere.

Mentre attraversava il corridoio diretta verso camera sua, incontrò lord Barkley, che la salutò con un sorriso caloroso, come se non avesse ribaltato il suo mondo il giorno prima. "Non avete accompagnato lady Barkley e le ragazze nella loro passeggiata?"

"No: ora spetta alla signorina Shipley," disse freddamente lei.

Il barone ebbe un sussulto. "Che mi venga un colpo. Detesto il modo in cui sono andate le cose.

Non mi ero reso conto che lady Barkley sarebbe arrivata con una nuova istitutrice."

"Non sapevate che voleva assumere qualcuno per sostituirmi?"

"Era da un po' che minacciava di farlo – ha persino chiamato a colloquio diverse candidate – ma ammetto che non credevo lo avrebbe fatto davvero. Voi siete molto capace e le ragazze vi adorano." Il barone guardò alle spalle di Isabelle e abbassò la voce. "A dire il vero, sto cercando di convincere lady Barkley a tenervi. Perché le ragazze non potrebbero avere due istitutrici? Ha senso."

Era vero, ma considerata l'animosità che lady Barkley ora mostrava liberamente nei confronti di Isabelle, sembrava che il buonsenso non sarebbe emerso vincitore. "Apprezzo il vostro sostegno, milord."

Il barone le prese la mano. "Lo avrete sempre. Le ragazze non sono le sole che soffriranno per la vostra dipartita." Le passò il pollice lungo il dorso della mano e, pur trattandosi di un piccolo gesto, esso cambiò tutto. Le parole successive del barone non fecero che confermare le paure di Isabelle. "Sarebbe un piacere, per me, assicurarmi che non vi manchi nulla."

Quella era un'avance. L'uomo aveva sempre provato quel genere di sentimenti nei suoi confronti? Lady Barkley se n'era forse resa conto e aveva deciso per quel motivo di sostituire Isabelle? Le venne la nausea.

Liberando di scatto la mano da quella del barone, resistette all'impulso di pulirsela nel grembiule. "Mi sono sempre presa cura di me stessa, milord, e continuerò a farlo. Il mio benessere non è più un vostro problema."

Oltrepassò lord Barkley e si diresse dritto verso

la sua stanza, dove chiuse la porta e, per sicurezza, fece scattare la serratura. Tremando, raggiunse la scrivania e si lasciò cadere sulla poltrona.

Come avrebbe potuto rimanere per il resto delle due settimane? Già era una tortura stare con le ragazze, vedere la loro tristezza e sapere che il loro tempo insieme era agli sgoccioli. Ora sarebbe stata una tortura anche sapere che lord Barkley la guardava in maniera diversa e che, molto probabilmente, lady Barkley lo sapeva.

Che guaio!

Isabelle doveva trovare un lavoro – qualunque lavoro – immediatamente. Doveva pur esserci qualcosa che lei potesse fare, anche in via temporanea. Si era *sempre* presa cura di se stessa da sola e avrebbe continuato a farlo.

Armata di risolutezza e di coraggio, prese le sue cose e andò in cerca della libertà.

CAPITOLO 8

Divenne presto evidente che Isabelle avrebbe dovuto dedicare molto più tempo ed entusiasmo al ricamo. Se lo avesse fatto, avrebbe potuto trovare lavoro presso una modisteria, a cucire cappelli o vestiti per conto di una modista. Invece, si ritrovò all'ingresso posteriore di una taverna che, a quanto pareva, aveva un gran bisogno di una cameriera. Il venditore di pasticci in fondo alla strada aveva indirizzato Isabelle in quella direzione dopo che le aveva chiesto se ci fosse lavoro disponibile in zona.

Tratto un respiro profondo, Isabelle bussò alla porta. Dopo diversi istanti di silenzio, sollevò la mano per bussare di nuovo; in quel momento, la porta si aprì.

"Consegna?" chiese la donna, asciugandosi le mani nel grembiule.

"Vorrei chiedere di quel lavoro di cameriera," disse Isabelle, pensando che non aveva mai immaginato di pronunciare quelle parole. Ma la disperazione richiedeva soluzioni drastiche.

La donna, che dimostrava trent'anni come Isabel, la squadrò. "Hai esperienza?"

"Ehm, no." Isabelle pensò che la duchessa vedova avrebbe fatto una smorfia di fronte al suo intercalare, ma poi decise che il suo modo di parlare sarebbe impallidito di fronte alla situazione in cui si trovava, che avrebbe fatto inorridire la nonna di Val.

E cosa avrebbe pensato Val di lei che lavorava come cameriera?

Isabelle si irrigidì. Si rifiutava di lasciare che l'opinione del duca o quella di sua nonna – o quella di chiunque altro – comandasse sulla sua vita. Aveva sempre fatto il necessario per sopravvivere e avrebbe continuato a farlo.

Mentre il silenzio si prolungava e la donna osservava Isabelle, sembrava che un rifiuto fosse imminente. Isabelle stava per voltarsi quando la donna disse: "Beh, sembri affidabile. Sei affidabile?"

"Molto. E posso cominciare a lavorare subito."

La donna si illuminò in viso e sorrise a trentadue denti. "Avresti dovuto cominciare con quello. Mi serve una persona per domani. Anzi, se puoi entrare subito, ti farò fare un giro e ti spiegherò tutto, in modo che tu possa cominciare domani."

Era esattamente ciò di cui aveva bisogno, anche se non ciò che voleva. "Mostratemi ciò che devo sapere."

La donna le tenne la porta aperta e la invitò a entrare. "Io sono Prudence. Benvenuta al Duca Malandrino.

Il... Duca Malandrino? Non era possibile. Lui non poteva possedere una taverna. Era un duca.

"Sono la signora Isabelle Cortland. Lieta di fare la vostra conoscenza."

Prudence la condusse lungo un corridoio e in cucina, quindi si voltò e la guardò stringendo un occhio. "Non parli come una delle nostre cameriere, ma del resto, hai detto di non esserlo. Che cos'è che sei, esattamente?"

"Fino a poco tempo fa, ero un'istitutrice."

"Beh, qui ti troverai bene. Al Duca Malandrino entra gente di tutti i colori: fabbri, parlamentari, avvocati, vicari, portuali, persino duchi." Prudence ridacchiò. "Beh, i due duchi che possiedono il locale, in ogni caso."

Isabelle deglutì mentre il disagio palpitava dentro di lei. "Due... duchi sono i proprietari di questa taverna?"

Prudence annuì. "Colehaven e Eastleigh, ma non lasciarti intimidire: sono persone normali e amichevoli."

Eastleigh.

Isabelle avrebbe dovuto rifiutare cordialmente il lavoro e continuare le ricerche. Ma erano ore che cercava e quella era l'unica possibilità che lei avesse trovato. Doveva allontanarsi da Barkley prima che egli prendesse un momento sgradevole e lo trasformasse in qualcosa di molto peggiore. Cosa aveva da perdere, dato che lei stava comunque per andarsene?

No, Isabelle non poteva voltare le spalle a quell'opportunità. Il fatto che il proprietario del locale fosse Val era un ulteriore motivo per accettare il lavoro. Significava che la taverna doveva essere ben gestita e, soprattutto, sicura. Per quanto potesse esserlo una taverna.

"Domani è la giornata più intensa dell'anno," disse Prudence, strappando Isabelle alle sue preoccupazioni. "Festeggiamo San Valentino – il santo, ma anche il duca di Eastleigh, che prende il nome da lui. È per questo che abbiamo tanto bisogno di te." Prudence le sorrise. "Sei pronta a fare la conoscenza del Duca Malandrino?"

Isabelle soffocò una risata. Oh, lo conosceva benissimo, quel duca. E cosa avrebbe detto lui quando avrebbe saputo che la sua nuova dipendente era lei?

Avrebbe dovuto dirglielo, ma aveva il sospetto che a lui la cosa non sarebbe piaciuta. Il che era ironico, dato che Val si era offerto di aiutarla... un'offerta che lei aveva declinato con veemenza. Eppure, eccola lì, alle sue dipendenze. Ma la situazione era diversa, ragionò. Quello era un lavoro e non era stato lui ad assumerla.

Sperava che, prima o poi, avrebbe trovato qualcos'altro, ma nel frattempo avrebbe dovuto accontentarsi. Sperava che Val avrebbe capito.

~

Nonostante il desiderio di tenersi lontano dagli eventi sociali, Val si ritrovò a un ballo, quella sera stessa. Avrebbe preferito non andare – per via della scommessa – ma lui sapeva di non potersi ritirare completamente dalla società. La sua posizione all'interno della Camera dei Lord richiedeva un minimo di socializzazione, e poi c'era sua nonna. Se Val non avesse simulato almeno un minimo di interesse nella ricerca di una moglie, lei non lo avrebbe mai lasciato in pace.

Sfortunatamente, quella finzione – perché tale era – non avrebbe fatto altro che incoraggiare gli scommettitori e, di riflesso, le mammine combinatrici di matrimoni. Per evitare di essere annunciato, Val si introdusse nella sala da ballo dei Mortram da un salone adiacente. Ciò nonostante, fu subito cinto d'assedio da giovani donne che lo guardavano agitando in maniera poco sottile i carnet di ballo.

Val le ignorò completamente e andò in cerca della vedova. Sua nonna era seduta dall'altra parte della sala da ballo, naturalmente, e gli ci volle del tempo per raggiungerla.

Viola era in piedi accanto alla nonna, un sorriso allegro sulle labbra. "Buonasera, Val. Sei entrato nella sala da ballo come un ladro."

"Perché mai?" chiese contrariata la nonna. "Come non detto. Spero che non lo rifarai."

"Sembra che io abbia guadagnato una certa notorietà." Val era fin troppo consapevole della gente che lo fissava… più del normale.

"Sei sempre stato noto," disse Viola, di scarso aiuto. "O quantomeno popolare. Tutte vogliono parlare con te o ballare con te. O sposarti," aggiunse, ridacchiando ironicamente. Era chiaro che aveva saputo delle scommesse.

Val le rivolse un'occhiata che prometteva vendetta e lei si limitò a sbattere le ciglia, simulando innocenza.

Se Viola sapeva delle scommesse, lo sapeva anche la nonna.

"Ma certo che è popolare," disse la vedova. "È Eastleigh. Sai quante donne sarebbero felicissime di diventare la sua duchessa? Soprattutto dopo l'ultima; tutte vogliono disperatamente dimostrare che tu meriti una moglie migliore."

Val non era certo che ciò fosse vero, ma non intendeva discutere. Non valeva la pena discutere con la nonna, *quasi* mai. Tuttavia, si avvicinava il momento in cui lui avrebbe dovuto dirle la verità: non era pronto a risposarsi e non sapeva quando lo sarebbe stato.

E poi, era ancora giovane. Molti gentiluomini non si sposavano prima di aver passato da un pezzo i trent'anni. Il suo amico Jack Barrett non era disposto a contemplare il matrimonio prima dei trentacinque. Nella sua famiglia, si usava così: prima si otteneva il successo professionale, poi ci si sposava. Al momento, Jack stava facendo carriera politica e Val era certo che avrebbe ricevuto un incarico di governo quando gli Whigh avrebbero preso il potere.

Val poteva non avere l'impegno politico di Jack, ma prendeva la sua posizione molto sul serio. "Nonna, sono troppo impegnato per trascorrere del tempo a cercare moglie. Il Paese ha semplicemente troppi problemi."

"Su questo non posso obiettare, soprattutto dopo quello che è accaduto a Prinny. Certa gente è davvero incivile."

"È proprio per questo che c'è bisogno di me e che io devo concentrarmi su altro." Il Principe aveva lasciato Westminster dopo aver aperto i lavori parlamentari e qualcuno aveva sparato contro la sua carrozza, rompendo il finestrino. Con gli spenceani e gli altri gruppi radicali che si rafforzavano e seminavano il caos, non era un'esagerazione dire che la Camera dei Lord era molto impegnata.

"Sciocchezze. È proprio per via di tutti questi tumulti che dovresti avere una moglie a casa."

Viola scosse leggermente la testa, invitando silenziosamente Val a lasciar perdere. Come se lui non sapesse quando ritirarsi di fronte alla loro nonna.

"Sai cosa sarebbe carino?" chiese Val.

Le sopracciglia grigie della nonna assunsero un'angolazione estrema. "Cosa?"

"Che tu prendessi la metà dell'energia che dedichi a infastidirmi e la indirizzassi su Viola. Almeno io sono stato sposato. Tocca a lei, ora."

Viola gli rivolse un sorriso soddisfatto. "Peccato che io sia su uno scaffale talmente in alto che nessuno può raggiungermi."

"Sarei lieto di darti una spinta."

"Smettetela di comportarvi come due bambini,"

sbottò la nonna. "Eastleigh, fammi un piacere e balla con una giovane donna, stasera. Una non ti ucciderà."

Val esalò rassegnato. "D'accordo, ma non chiedermi di andare da Almack's la settimana prossima."

La nonna lo fulminò con lo sguardo. "Hai già promesso." Guardò Viola. "L'hai sentito."

"A dire il vero, non ha promesso." La sorella di Val gli lanciò un'occhiata dalle sfumature di scusa, certamente pensata per compensare allo sfottò precedente.

Val inclinò la testa con apprezzamento.

Dopo aver soddisfatto la richiesta, da parte di sua nonna, di ballare con una giovane, lasciò il ballo. Era stata sua intenzione andare al Duca Malandrino, ma scoprì che non aveva particolarmente voglia di compagnia. Si era parlato troppo di matrimonio e, immancabilmente, quei discorsi evocavano lo spettro di Louisa. Persino da morta, quella donna lo tormentava.

Mentre percorreva il corridoio verso la sua stanza, rallentò all'altezza della porta di Isabelle. Si soffermò per un istante, sapendo che lei era dall'altro lato di un sottile pannello di legno. Era così vicina, eppure assolutamente intoccabile.

Val tirò dritto e andò in camera sua, dove si tolse giacca e fazzoletto e li mise nel suo camerino; ci avrebbe pensato il suo valletto. Si spostò alla credenza, dove teneva una bottiglia di brandy; si versò un bicchiere e chiuse gli occhi mentre si portava il bicchiere alle labbra.

Un lieve bussare alla porta arrestò il movimento, il bicchiere fermo a metà strada verso le sue labbra. Val voltò la testa, chiedendosi chi mai potesse bussare a quell'ora della notte; ma al tempo stesso, il suo cuore cominciò a fare le bizze.

Val posò il bicchiere e si recò alla porta. L'aveva a malapena aperta che Isabelle si intrufolò nella stanza. Il suo cuore accelerò i battiti al punto che lui fu certo che la giovane lo avrebbe sentito martellare. Per lei.

Le parole gli vennero meno. Era troppo stupito che lei fosse venuta lì, dopo tutte quelle preoccupazioni riguardo all'emergere della loro antica intesa. Intesa? Gli venne quasi da ridere di fronte all'assurdità di quella parola inadatta.

"Mi dispiace recarvi fastidio," disse Isabelle, prendendo posto vicino alla porta. I suoi capelli castano chiaro erano raccolti in una spessa, semplice treccia che le ricadeva sulla spalla destra, e indossava un semplice abito a collo alto il cui taglio modesto non faceva nulla per soffocare il desiderio crescente di Val. "Volevo parlare con voi il prima possibile. Ho trovato un lavoro e me ne andrò domani mattina."

Le speranze che Val aveva covato riguardo al motivo della visita si sgretolarono. Isabelle stava andando via? "Dove andrete?"

La giovane tormentò il bordo della manica lunga. "Credo che, probabilmente, sia meglio non dirlo."

"E tuttavia, siete venuta qui a dirmelo." Val si accigliò mentre la contrarietà si diffondeva in lui. Le cose non sarebbero dovute andare così tra di loro. Ma allora, come sarebbero dovute andare?

"Forse non avrei dovuto." Isabelle si voltò verso la porta, ma non si mosse. "Pensavo… Volevo dirvi addio prima di andarmene. Non credevo che vi avrei visto, domani mattina."

Val si mosse, non per bloccarle la strada, ma per entrare nel suo campo visivo. "Sono felice che lo abbiate fatto. Non riesco a non pensare che ci sia un motivo per cui ci siamo rincontrati."

Lo sguardo della donna incrociò il suo e, nelle profondità di un blu splendente dei suoi occhi, lui vide una miriade di emozioni, nessuna delle quali era in grado di definire. Isabelle aggrottò la fronte in quella maniera così eccitante e, all'improvviso, Val si rese conto di dove si trovavano e della vicinanza del suo letto. "Credete che il Fato ci abbia fatti ritrovare?" chiese con una nota di sarcasmo nella voce.

"Forse era necessario che ci vedessimo. Quale che sia la ragione, sono lieta di aver avuto il vostro sostegno, con tutto quello che è accaduto."

Necessario... Val non ne era sicuro. Ma desiderabile? Lui desiderava Isabelle ora più di quanto l'avesse desiderata dieci anni prima. La qual cosa era una sciocchezza. Conosceva a malapena la donna che lei era diventata, ma era in grado di capire che ella teneva comunque a coloro che la circondavano, che era ferocemente indipendente e che faceva le cose secondo i suoi termini, per quanto ciò fosse possibile a una donna. All'improvviso, invidiò la sua libertà.

"Siete sicura che non ci sia un altro motivo per cui siete venuta a trovarmi, questa sera?" Avrebbe tanto voluto baciarla, vedere se la scintilla tra di loro ardeva ancora.

"Io..." Isabelle serrò le labbra e nei suoi occhi brillò la determinazione. "Sì. Vorrei darvi un bacio d'addio."

"Solo un bacio?" Quella famosa notte era cominciata proprio così, con un singolo bacio d'addio; poi, la passione li aveva travolti. Ma dieci anni dopo, sicuramente lui aveva imparato la lezione. Tuttavia, considerato che il suo membro si stava indurendo, forse non era così.

Un lieve rossore si diffuse sul volto di Isabelle.

"Non avrei dovuto osare." La donna fece un passo avanti, l'attenzione concentrata sulla porta.

Val le si mise di fronte e sollevò una mano per sfiorarle con delicatezza la tempia, ravviandole un ricciolo errabondo dietro l'orecchio. "Voi non potreste mai esagerare. Non con me. Qualunque cosa vogliate, sono disposto a darvela."

"Allora baciatemi. Per un'ultima volta."

Val avrebbe potuto ascoltare quelle parole cantate in coro ogni giorno per il resto della sua vita, ma non l'avrebbe costretta a pronunciarle di nuovo. Chiudendo la breve distanza che li separava, circondò Isabelle con le braccia e portò le labbra a quelle di lei. Le mani della donna corsero alle sue spalle, afferrandogli il gilet e facendogli rimpiangere di non essersi spogliato in maniera più approfondita.

Il profumo e il sapore di Isabelle erano molto familiari. Val non era mai riuscito ad annusare un giglio senza pensare a lei.

Lasciò che fosse Isabelle a controllare il bacio: era stata lei a chiederlo e lui le avrebbe fatto da servo. La donna arricciò le dita attorno al suo collo, il tepore dei polpastrelli che gli scavava la nuca e lo scalpo, facendogli ripensare a una notte talmente unica che, a volte, pensarci era per lui doloroso. Soprattutto dopo ciò che aveva sopportato con Louisa.

No, non avrebbe pensato a lei; non le avrebbe permesso di rovinare quel momento. O qualunque altro momento da lì in avanti.

La lingua di Isabelle gli accarezzò il labbro e un'ondata di desiderio lo travolse. Le andò incontro, toccandole la lingua con la sua mentre lei approfondiva il bacio. E poi si persero, naufraghi in un mare di ricordi e scoperte mentre i loro corpi si premevano l'uno contro l'altro.

Quello era il sogno che Val aveva nutrito per dieci lunghi anni, fornito di forma e sostanza. Era un nuovo sogno che lui avrebbe nutrito per un altro decennio. Quel pensiero – il pensiero di ciò che Isabelle aveva detto, di 'un'ultima volta' – lo spinse a rivendicare forse più di quanto avrebbe dovuto. Fece scendere una mano fino al posteriore di lei, premendola contro di sé.

Isabelle reagì mordendogli il labbro e baciandolo di nuovo. E premendo l'inguine contro il suo. Il calore della donna accarezzò l'erezione di Val e lui riuscì a malapena a trattenersi dal sollevarla tra le braccia e portarla a letto.

Val staccò la bocca da quella di Isabelle. Il suono dei loro respiri affannosi colmò l'aria. Lui premette la fronte contro quella della donna e le accarezzò la schiena, la nuca, il fianco. "Restate con me, Isabelle."

"È quello che avete detto anche quella volta," mormorò lei.

"Lo so. Sono sedotto da voi ora come lo ero allora."

Isabelle sollevò una mano e gli sfiorò il viso, premendo il palmo contro la sua guancia. Lo sguardo della donna era fermo mentre le sue labbra si curvavano in un sorriso sensuale. "Come io lo sono da voi." Portò le labbra alle sue, ma fu breve. Quindi, Isabelle fece un passo indietro.

"Per quanto sia tentata, devo andare."

"Se mai avrete bisogno di me, io ci sarò. Sempre."

Isabelle annuì, quindi girò attorno a Val e uscì dalla sua stanza.

Dalla mia vita. Di nuovo.

Forse sarebbe riapparsa dopo altri dieci anni.

CAPITOLO 9

C'erano almeno mezza dozzina di balli di San Valentino in città, ma uno degli eventi più popolari di quella giornata romantica era il cosiddetto Banchetto di San Valentino al Duca Malandrino. Era la giornata preferita di Val, per due ragioni. Il primo era che tutti chiamavano quell'occasione il 'suo' giorno e si riferivano a lui come al suo omonimo, san Valentino.

Quell'anno, il banchetto sarebbe stato il più elaborato di sempre e Cole aveva preparato l'ennesima birra a tema. Val sperava solo che ne avesse prodotta abbastanza, dato che gli ultimi due anni erano rimasti a secco.

Val fu accolto da un coro di 'San Valentino!' invece che di 'Eastleigh!'; era così che lo chiamavano i clienti del pub in quell'occasione. Anzi, non avrebbero limitato l'esclamazione del suo nome al suo ingresso, ma lo avrebbero gridato per tutta la notte, a intervalli irregolari secondo i loro guizzi.

La sala principale, decorata con biglietti di San Valentino fatti a mano e mazzetti di fiori, era quasi vuota, dato che la serata era appena iniziata. Coloro che erano già presenti erano i più cinici. Il fatto che la maggior parte dei partecipanti si recasse all'evento perché non era innamorata o evitava con tutta se stessa quell'emozione era il senso dell'evento stesso: festeggiare l'assenza dell'amore e la libertà che essa portava.

Di solito, quello era il secondo motivo per cui quella era la giornata preferita di Val.

Ma quel giorno non lo era. Quel giorno, tutto ciò a cui lui riusciva a pensare era l'amore – o qualcosa di simile all'amore – perduto.

No, non l'amore. Qualunque cosa lui provasse per Isabelle, non si trattava di amore.

Aveva bisogno di una notte di bisboccia e abbandono. Una notte di amici e birra di Cole.

"Tornerò fra qualche ora," disse Cole dopo averlo salutato velocemente.

"Perché? Dove vai?"

"Al ballo di lady Donnel." Cole lo guardò perplesso. "Ti avevo detto che ci sarei andato."

Val aveva un vago ricordo. "Non pensavo che dicessi sul serio. Come possiamo fare il Banchetto di San Valentino se tu non ci sei?"

"Io *ci sarò*, ma arriverò più tardi. Devo ballare il valzer con la mia sposa." Cole fissò Val con aria interrogativa. "Lo sai qual è il vero senso di San Valentino, vero?"

Val grugnì. "L'amore ti rende noioso."

"L'amore mi rende felice." Cole sorrise per infastidire ancora di più Val. "Dovresti provarlo, qualche volta."

Prima che Val potesse insultarlo, Cole si defilò e lasciò la taverna. Val si recò al bancone e Doyle gli passò il boccale colmo della birra di San Valentino prodotto da Cole. "Quest'anno, ha apportato alcuni cambiamenti alla ricetta. Glieli ha suggeriti la sua fidanzata."

Ma certo. Accigliandosi, Val prese il boccale e

bevve un sorso. Naturalmente, la birra era di una bontà insopportabile.

Val bevve un sorso più abbondante e si rimproverò in silenzio. Non poteva certo prendere in antipatia la felicità di Cole: il suo amico se la meritava assolutamente.

"Oggi ha cominciato a lavorare una nuova cameriera," disse Doyle. "Normalmente, non l'avremmo fatta cominciare in una serata come questa, ma con Gertie malata, eravamo disperati."

"Ottimo, ti ringrazio. Vado a vedere come vanno le cose in cucina." Val si recò nella parte posteriore della taverna e in cucina, dove i cuochi erano molto indaffarati. Il profumo era delizioso e lui si chiese se non sarebbe riuscito a trovare una fetta di prosciutto o di manzo che avanzava.

Mentre si voltava verso un tavolo da lavoro, una donna giunse dalla sua sinistra e gli andò a sbattere contro, rovesciandogli addosso una brocca di vino.

Il liquido lo inzuppò fino alla camicia e Val abbassò lo sguardo sulla chiazza bordeaux che andava allargandosi sulla sua giacca, sul suo gilet, sulla sua camicia e sul suo fazzoletto. "Per tutti i diavoli!"

"Val?" Continuando a stringere la brocca, Isabelle lo guardò, gli occhi azzurri che si strinsero quando sussultò.

"Isabelle? Cosa diavolo ci fate qui?"

L'evidente disagio della donna aumentò mentre lei si stringeva la brocca al petto come se essa fosse una specie di scudo. "Sono la nuova cameriera."

Val era acutamente consapevole del silenzio che era caduto in cucina, dove tutti avevano smesso di lavorare e lo stavano fissando. Senza pensarci, prese la brocca dalle mani di Isabelle e la mise sulla superficie più vicina. Quindi afferrò la donna per un braccio e la trascinò fuori dalla cucina.

"Cosa state facendo?" chiese lei, cercando di liberare il braccio dalla presa di Val.

Lui accentuò la presa, badando a non farle del male. "Venite con me. Per favore."

"Lasciatemi andare."

Lui fece come lei aveva chiesto e si fermò, fissandola. Erano nella dispensa, circondati da alimenti e da attrezzi per cucinare e pulire. "Voi non potete lavorare qui."

Isabelle incrociò le braccia, gli occhi che ardevano. "Volete licenziarmi anche voi?"

Peste e corna. Val non poteva certo fare *quello.* "Certo che no, ma Isabelle, questo è il mio pub. Evidentemente, voi lo sapete." Val si accigliò. "È per questo che non volevate dirmi nulla, ieri sera?"

Isabelle sollevò una spalla e distolse lo sguardo. "Ero – sono – disperata."

"Al punto da lavorare come cameriera? Questo lavoro è ben al di sotto di voi." Isabelle avrebbe dovuto fare da insegnante per le migliori famiglie del reame. O dirigere Oxford. La qual cosa non sarebbe mai accaduta, anche se sarebbe stato dannatamente giusto.

"È un lavoro onesto." La donna lo squadrò, ma non c'era nulla di provocatorio nel suo sguardo. "Possedere e gestire una taverna, a quanto pare, non è al di sotto di *voi.*"

"Io non lavoro *nella* taverna."

Isabelle inclinò la testa. "E sì che avrei potuto giurare che Prudence mi avesse mostrato il vostro ufficio, dove ci sono le scrivanie vostra e di Colehaven."

Val borbottò un'imprecazione. "Vi ho detto che vi aiuterò… per qualunque cosa voi abbiate bisogno."

"E io vi ho detto che non posso accettare nulla da voi."

"Ma potete lavorare per me? Che differenza c'è tra questo e accettare il mio denaro?"

Isabelle rimase nuovamente a bocca aperta. "Dite sul serio? Questo è completamente diverso dall'accettare il vostro denaro. Come ho detto, è un lavoro onesto."

"E se vi dessi del denaro, sarebbe una transazione tra amici. Una transazione *segreta*, che non sarebbe necessario rendere nota a nessuno. Potreste persino definirla un prestito, se preferite."

Le lo fissò come se Val le avesse appena offerto di rubare tutto ciò che possedeva invece che darle del denaro. "Voi siete pazzo."

"Forse, ma solo perché tengo a voi. Tra qualche giorno, Barkley se ne andrà e voi potrete restare da me fino a quando vorrete."

Isabelle emise un respiro colmo di disgusto. "Se voi teneste davvero a me, capireste quanto ciò sarebbe scandaloso. Tutti darebbero per scontato che io sia la vostra amante e non potrei certo diventare direttrice, dopo."

Direttrice? "Diventerete direttrice?"

Isabelle spalancò le braccia e le sollevò verso il cielo in preda alla frustrazione. "Lo spero, un giorno. Il punto è che voi restringerete le mie possibilità se cercherete di mantenermi in qualunque modo."

"Mi verrebbe da dire che lavorare come cameriera in una famigerata taverna avrà le stesse conseguenze."

"Non è necessario che il mio futuro datore di lavoro, chiunque egli sia, lo sappia."

"Il vostro futuro datore di lavoro potrebbe essere seduto nella sala principale proprio in questo momento. O potrebbe esserci suo fratello. O il suo vicino. Il vostro impiego non sarebbe segreto." Ma nemmeno lo sarebbe stato un eventuale soggiorno di Isabelle in casa sua. Lei aveva ragione: era un'idea sciocca e scandalosa. Doveva esserci un'alternativa. Qualcosa che Isabelle avrebbe accettato.

Il fuoco nei suoi occhi era diminuito leggermente, ma le sue labbra serrate e la tensione nelle sue spalle gli fecero capire che era ancora infastidita. Val non voleva che fosse infastidita da lui. "Mi dispiace," disse, inalando per calmare il battito violento del suo cuore. "Ero solo stupito di vedervi qui."

"Avrei dovuto dirvelo."

"Cerchiamo una soluzione." Val tentò di mostrarsi disponibile. "Concorderete che non potete lavorare qui."

Isabelle incrociò nuovamente le braccia. "Potrei lavorare in cucina."

"Ho un'idea migliore e spero che non sarete troppo testarda per accettare."

"Io non sono testarda." Ma il quadretto che ella formava – le braccia incrociate, la fronte aggrottata, la bocca serrata in una linea severa, il corpo rigido, il mento sporgente – era la definizione stessa della testardaggine.

Val trattenne un sorriso. Apparenze a parte, dire di non essere testardi nel bel mezzo di una discussione in cui ci si rifiutava di fare un passo indietro equivaleva a sostenere di non avere fame col ventre che brontolava. "Dunque non rimanete più sveglia per tutta la notte cercando di decifrare indovinelli?"

Isabelle tentennò, come se per un attimo Val l'avesse sbilanciata. "È da tempo che non ne trovo uno che non riesco a risolvere."

"Ma se lo trovaste, non smettereste prima di arrivare alla conclusione. Non lo abbandonereste."

Isabelle sollevò il mento, la qual cosa le conferì un'aria sprezzante. "Abbandonare conduce alla delusione."

Abbandonare li aveva condotti l'uno tra le braccia dell'altra. Attrazione. Tentazione. Abbandono.

Finalmente, gli venne in mente un piano, ed era brillante. O quasi. "Prometto che la mia idea non vi deluderà. Trasferitevi in casa di mia madre e di Viola nelle vesti di chaperon di Viola."

Isabelle strinse un occhio. "Non è vostra nonna a svolgere quel ruolo?"

"Sì, ma non è più arzilla come un tempo. Ci sono cose che Viola vuole fare nelle quali la nonna non può seguirla, per cui Viola ha bisogno di uno chaperon." Non era vero: Viola faceva come voleva e si disinteressava completamente dell'opinione altrui.

Isabelle contrasse le labbra mentre lo guardava in silenzio per un istante. Nonostante la tensione che c'era tra di loro, sembrava decisamente baciabile ed era difficile non ripensare alla sensazione della sua bocca su quella di lui. Davvero era accaduto solo la notte prima?

Una cuoca entrò nella dispensa per prendere una cosa, rompendo l'incantesimo che aveva cominciato a tessersi attorno a lui. "Chiedo scusa," mormorò la donna prima di uscire velocemente.

Isabelle lasciò ricadere le braccia lungo i fianchi. "Perché ho la sensazione che quello di chaperon di Viola sia un ruolo superfluo?"

"È *davvero* necessario. Ci fareste un favore. A voi piace Viola, vero?"

"Sì. Ma io potrei non piacere a vostra nonna."

"Bah, mia nonna abbaia, ma non morde. Non le siete antipatica." Val fece un passo verso Isabelle.

"Suvvia, è un'ottima soluzione. Dovete pur concordare."

"Siete arrogante e dispotico come sempre." La donna non si sarebbe arresa facilmente. Forse non si sarebbe resa del tutto.

"E voi siete più testarda di quanto io mi fossi reso conto. Avete bisogno di aiuto. In questo modo, io posso darvelo senza recarvi danno."

Isabelle trasse un respiro profondo, il petto che si alzava e si abbassava. "Loro sanno di me? Di noi?" La sua voce era bassa e il timbro di essa gli fece ardere il sangue.

"Certo che no."

Isabelle distolse lo sguardo e si tormentò il labbro inferiore prima di tornare a guardare Val. "Detesto ritrovarmi con le spalle al muro. Ma mi è già successo e ho sempre trovato una soluzione. Preferisco fare le mie scelte da sola."

Val cominciava a perdere la pazienza. "Volete delle scelte? Soggiornate a casa mia o soggiornate a casa di mia nonna, ma non lavorerete nel mio pub."

"Dunque mi licenziereste davvero?"

"Per darvi un lavoro migliore, sì." Val sollevò le mani in un gesto di implorazione. "Per amor di Dio, Isabelle, accettate il mio aiuto. Io non sono vostro nemico."

Lei lo fissò e Val trattenne il fiato, mentre il suo cervello cercava disperatamente altri modi per convincerla, per farla ragionare. "D'accordo, andrò dalla vedova. Se lei è d'accordo. Ma se non lo fosse, voi mi permetterete di lavorare qui, in cucina."

"Sarà d'accordo." In caso contrario, ci avrebbe pensato lui. "Vi porterò subito da lei. Dove sono le vostre cose?"

"Proprio alle vostre spalle. Volevo lasciarle qui fino a più tardi; era mia intenzione vivere da Prudence fino a quando non avessi trovato una stanza in affitto."

Isabelle intendeva vivere a Cheapside? Per fortuna aveva trovato lavoro lì e non in un luogo di dubbia fama. "È una fortuna che siate venuta qui. Credo che il Fato si sia di nuovo messo in azione."

"Chi dice che sia stata una fortuna?" Isabelle lo oltrepassò e prese le sue due borse da viaggio. "Immagino che vogliate partire subito."

"Non ve ne pentirete, Isabelle. Questo vi darà il tempo e l'occasione di trovare un impiego adatto alla vostra conoscenza e al vostro talento."

"E voi mi lascerete in pace?" chiese lei.

"Lo farò." Sebbene ciò gli provocasse una gran sofferenza. Vederla lì non aveva fatto altro che dimostrare quanto fosse stata dura, per Val, dirle addio la sera prima. Non era sicuro che sarebbe riuscito a farlo di nuovo. E tuttavia, qual era l'alternativa?

"Promettete."

Val la guardò negli occhi. "Prometto." Poi separò le dita che aveva incrociato e le prese le borse.

~

Dopo una tappa in Grosvenor Square, in modo che Val potesse cambiarsi gli indumenti zuppi di vino – nel frattempo, Isabelle aveva atteso in carrozza – arrivarono alla casa della vedova, in Berkeley Square. Dove la casa mancava in dimensioni rispetto a quello di Val, compensava più che abbondantemente in opulenza. Le sole opere d'arte accumulate nell'ingresso bastarono a incantare Isabelle e a convincerla che quella non era stata una cattiva decisione. Quasi. Si rifiutava di perdere la testa per un meraviglioso paesaggio di Farington e uno splendido Gainsborough.

Isabelle fece un passo verso il secondo dipinto e gesticolò verso una delle ragazze nel ritratto. "Quella è vostra nonna?"

"Sì," rispose Val.

Lei guardò l'uomo e il dipinto con stupore. "Gainsborough ha dipinto la vostra famiglia?"

"Il mio bisnonno e i suoi figli, sì. La mia bisnonna era già morta." Val si rivolse al maggiordomo, che li aveva fatti entrare in casa. "Mia nonna è ancora fuori?"

"Sì, Vostra Grazia. Con lady Viola," disse il maggiordomo, lanciando un'occhiata di sottecchi a Isabelle.

Val la indicò. "Blenheim, permettimi di presentarti la signora Cortland. Sarà ospite della nonna per un po'. Per favore, fai scaricare i suoi bagagli dalla mia carrozza."

Isabelle sperava che il duca non avesse fatto il passo più lungo della gamba. E se la vedova si fosse rifiutata di accoglierla?

"Aspetteremo la nonna in salotto." Val mosse la mano verso le scale e Isabelle lo precedette. Era fin troppo consapevole del semplice abito grigio che, fino a poco tempo prima, era stato coperto da un grembiule da cameriera. E ora era ospite di una contessa vedova.

Quando raggiunsero il salotto, lei cercò di non mettersi a correre da un quadro spettacolare a una scultura mozzafiato. Si voltò e guardò Val. "E se lei non mi volesse qui?"

"Vi ho già detto che non accadrà."

"Vostra nonna sembra una donna molto volitiva." Una qualità che Isabelle ammirava.

"Comprenderà i benefici che ne trarranno tutti. La mente di mia nonna è eccezionalmente acuta."

Isabelle non ne dubitava. Si concesse di passare lentamente lo sguardo sulla stanza. Se doveva rimanere lì, almeno per un po', avrebbe avuto tempo in abbondanza per esplorare tutto. "Vostra nonna ha una biblioteca come la vostra?" chiese, riportando lo sguardo su Val, che si era appoggiato alla mensola del caminetto, vicino al fuoco.

"Non grande come la mia, ma rimarrete soddisfatta. Viola ama leggere quasi quanto ama scrivere."

"Vostra sorella è una scrittrice?" Isabelle ne era stata all'oscuro. "Che cosa scrive?"

"Lascerò che sia lei a dirvelo," rispose Val, in tono un po' brusco. Era ancora arrabbiato con lei. Del resto, lei non era forse ancora arrabbiata con lui?

Forse un po'. Più che altro, era frustrata dalla situazione in cui si trovava. Si era sentita fortunata di essere stata assunta come cameriera in un locale rispettabile. Non era un impiego di prima scelta, naturalmente, ma considerato che non aveva potuto restare alle dipendenze di lord Barkley, non aveva avuto il lusso di dire di no. Era stata sua intenzione continuare a cercare un posto da istitutrice o da insegnante e aveva sperato che il lavoro al Duca Malandrino sarebbe stato temporaneo.

Il Duca Malandrino… Come aveva fatto a non capire subito che la taverna apparteneva a Val e a Colehaven? 'I duchi malandrini' era il loro antico soprannome.

Si trovava di fronte a un'urna greca, sul lato opposto della stanza rispetto a quello dove si trovava Val, e lanciò un'occhiata furtiva nella direzione dell'uomo. Questi stava fissando il focolare, la bocca contratta in una smorfia.

Cosa ci faceva lei lì? Val aveva ragione: non poteva lavorare nella sua taverna e non solo perché non poteva permettersi di essere vista laggiù. Non poteva lavorare nella sua taverna perché era la *sua* taverna. Perché trovarsi nelle vicinanze di quell'uomo non faceva che ricordarle ciò che lei aveva perso. No, ciò che non aveva mai avuto.

E che non avrebbe mai avuto.

Ora si ritrovava ancora nelle sue vicinanze, con sua nonna e sua sorella. Doveva trovare presto un nuovo lavoro.

"Non è necessario che aspettiate con me," disse.

Val la guardò. "Non mi dispiace."

"Dovreste tornare al Banchetto di San Valentino." A onor del vero, le dispiaceva perdersi i festeggiamenti. Sembrava che l'esperienza sarebbe stata molto divertente. "È la vostra giornata, dopotutto."

Dieci anni prima, loro due ne avevano riso. Val le aveva dato un biglietto e le aveva detto che doveva accettarlo, perché quella era la sua giornata. Aveva realizzato il biglietto di persona e vi aveva scritto diversi versi di orribile poesia. Isabelle ce l'aveva ancora, schiacciato tra le pagine della sua amata coppia di *Les Liaisons dangereuses*.

Si chiese se Val avesse dato biglietti di San Valentino a qualcun altro. A sua moglie, probabilmente. O forse no, dato che le aveva lasciato intendere che la loro non era stata un'unione felice. Isabelle abbandonò l'urna e si incamminò verso l'uomo. "Non c'è nessuna a cui vogliate dare un biglietto?"

Lo sguardo di Val corse a incrociare il suo. "State civettando con me, Isabelle?" La domanda era un misto di scherzo e cupezza. Il tono la fece rabbrividire e le ricordò quanto pericoloso fosse restare da sola con lui. La notte prima, lei aveva messo alla prova i limiti della tentazione quando lo aveva baciato.

"No. Volevo solo conversare." Gli voltò le spalle e si recò nell'angolo della stanza, dove era appeso un grosso paesaggio.

Trascorse un po' di tempo prima che Val parlasse di nuovo. "Mi dispiace farvi sentire con le spalle al muro."

Isabelle si rese conto che la voce dell'uomo proveniva da un punto più vicino. Voltandosi, vide che egli si era mosso verso di lei, ma era ancora piuttosto distante. Era come se stessero girando in tondo, come cacciatore e preda. Ma chi era cosa? Isabelle si rifiutava di essere la vittima.

"Vi ringrazio."

"Credo che sarete a vostro agio qui, e comunque si tratta di una situazione temporanea."

"Mi sono appena resa conto che le risposte alle mie richieste di lavoro potrebbero essere consegnate al vostro indirizzo. Spero che mi inoltrerete la corrispondenza."

"Certo." Val si passò una mano tra i capelli, liberando dall'acconciatura quella ciocca familiare in modo che essa gli ricadesse sulla fronte. "Spero vi renderete conto che ho solo cercato di aiutarvi."

"E io spero che vi rendiate conto che la mia situazione è diversa dalla vostra. Ho bisogno di lavoro. Inoltre, mi piace lavorare. Mi piace sentirmi utile e mantenermi da sola."

"Vi piace essere indipendente."

Isabelle giunse le mani di fronte alla vita e inclinò la testa. "Molto."

"Mi verrebbe da dire che mi dispiace che vostro marito vi abbia lasciata nella condizione di dovervi mantenere da sola, ma voi mi sembrate felice."

Oh, inizialmente Isabelle era stata furiosa. Suo marito si era giocato tutto ciò che possedeva e l'aveva lasciata con quello che sarebbe stato un ammontare di debiti rovinoso se non fosse stato per il denaro che lei aveva ereditato da suo padre. Allora, Isabelle aveva giurato che si sarebbe presa cura di se stessa e che non avrebbe fatto affidamento su nessuno.

Un rumore proveniente dalle scale raggiunse il salotto.

"Devono essere tornate a casa," mormorò Val, voltandosi verso la porta.

Isabelle si raddrizzò e strinse le mani. Era sciocco essere nervosa – aveva già conosciuto la vedova – ma lo era comunque. Inoltre, la sua ira stava tornando a punzecchiarla, perché Val le aveva appena ricordato che si era ripromessa di non fare affidamento che su se stessa. Avrebbe dovuto prendere le sue cose e andare dritto a casa di Prudence. Non che lei sapesse dov'era…

Sembrava proprio che Isabelle non avesse un altro posto dove andare.

La vedova e lady Viola entrarono nel salotto. La prima guardò Isabelle con aria cupa, mentre l'altra la raggiunse con un ampio sorriso. "Blenheim dice che starete da noi. Splendido!"

La vedova si sedette su una poltrona rosso scuro vicino al caminetto e puntò lo sguardo sul nipote. "Spiega."

"Al momento, la signora Cortland si trova tra un impiego e l'altro e io l'ho assunta per fare da chaperon a Viola."

Lady Viola emise un suono di gola che era a metà tra un colpo di tosse e un gemito, ma non disse nulla.

"Viola non ha bisogno di uno chaperon," disse la vedova, confermando l'affermazione di Isabelle e confutando quelle di Val.

"Questo permetterà a voi due di godere di una libertà maggiore," disse Val. "A ogni modo, si tratta di una situazione temporanea, mentre la signora Cortland è in cerca di lavoro. Non può certo soggiornare presso di me."

"Lord Barkley l'ha licenziata?" chiese la vedova. A Isabelle si mozzò il fiato. "Come non detto: vedo benissimo che l'ha fatto." L'anziana esalò il fiato e Isabelle non riuscì a capire se fosse contrariata o meno. "In tal caso, va' pure, Eastleigh. Ci penserò io."

Che significava? Isabelle rivolse a Val un'occhiata interrogativa, ma il duca era ancora concentrato sulla vedova.

"Sarà molto bello avervi qui," disse lady Viola. "Qualcuno vi ha già mostrato la vostra stanza?" Quando Isabelle scosse la testa, lady Viola proseguì: "In tal caso, l'onore sarà mio."

Val batté le mani. "Sembra che abbiate tutto sotto controllo." Si chinò a Isabelle. "Vi porterò prontamente la vostra corrispondenza."

Lo avrebbe fatto *lui*, o avrebbe dato l'incarico a qualcuno? Isabelle sperava nella seconda possibilità. Sarebbe stato meglio per loro rimanere lontani. La tentazione di baciarlo di nuovo – o peggio – era troppo grande. Anche quando lui la faceva arrabbiare con la sua arroganza.

Una volta che il duca se ne fu andato, la vedova prese subito la parola. "Sedetevi. E ditemi perché lord Barkley vi ha licenziata."

Con la sensazione di essere sul punto di sottoporsi a un processo, Isabelle si incamminò verso la vedova. Lady Viola le venne incontro a metà strada e la prese sottobraccio con un sorriso di incoraggiamento. La giovane la condusse al divanetto e loro due si sedettero insieme. Lady Viola tolse il braccio e sistemò la vaporosa gonna lilla del suo abito da ballo in modo che fosse drappeggiata elegantemente sulle sue gambe fino al pavimento. Era la stoffa più bella che Isabel avesse mai visto.

Fin troppo consapevole del fatto che la vedova attendeva una risposta da lei, Isabelle giunse le mani in grembo. "Lady Barkley ha assunto un'istitutrice di rimpiazzo. Oltre alle materie a cui sono abituate, insegnerà alle ragazze la musica, il ricamo e il ballo, quest'ultimo presumibilmente fino a quando non cominceranno a prendere lezioni da un maestro di danza."

"Perché voi non siete in grado." Le labbra della vedova si contrassero in preda alla disapprovazione. "Forse dovrei assumere un'istitutrice per voi, in modo che possiate imparare a ballare e a ricamare."

Isabelle si sforzò per mantenere un tono di voce tranquillo e non aggressivo. "So ballare." *Non bene.*

"La nuova istitutrice è istruita come voi?" chiese la vedova.

"No."

"Allora perché lord Barkley non vi ha tenuta alle sue dipendenze, assumendo quest'altra donna in aggiunta a voi?"

"Mi sono posta la stessa domanda, Vostra Grazia. Credo che lady Barkley non fosse contenta del mio rapporto con le sue figlie."

"Gelosia?" La vedova arricciò le labbra. "Un'emozione patetica. Non si può essere gelosi del rapporto di una bambina con la sua istitutrice. Se le bambine sono affezionate a chi le prepara, è molto meglio." L'anziana guardò Isabelle per un momento, come in cerca di una qualche mancanza. "Siete sicura che la sua gelosia non fosse dovuta ad altre ragioni?"

Lady Viola, che era seduta più vicina alla vedova, si sporse verso di lei. "Nonna, non vorrai insinuare che la signora Cortland si sia comportata in maniera inappropriata con lord Barkley!"

Isabelle evitò di rimanere a bocca aperta. Ma la vedova aveva ragione... in un certo senso. "Era gelosa di me," disse a bassa voce. "O almeno, credo che sia possibile. Lord Barkley ha messo in chiaro che non è stato lui a decidere di sostituirmi e che aveva lottato perché io rimanessi."

"Non certo per magnanimità, immagino." Gli occhi nocciola della vedova brillarono di malizia e Isabelle rinnovò la promessa di non attirare mai l'ostilità di quella donna. "Mi chiedevo se fosse andata così."

"Come facevate a saperlo?"

"Sono eccezionalmente intelligente, mia cara. In primo luogo, voi siete una donna attraente e dotata, mentre, se non ricordo male, lady Barkley non possiede nessuna di queste due qualità. In secondo luogo, non siete rimasta alle dipendenze della famiglia e ora vi ritrovate in una posizione difficile, che rende necessario un aiuto la cui provenienza, in circostanze ordinarie, vi impedirebbe probabilmente di accettarlo."

Come aveva fatto la vedova a capire tutto ciò, soprattutto l'ultima parte? "Sono grata per il vostro aiuto," disse Isabelle. Lo era, anche se non lo aveva cercato.

"Ne sono sicura, come sono sicura che ferisca il vostro orgoglio dover accettare questa situazione. Vi ho inquadrata nel giro di un'ora dal nostro primo incontro, mia cara. Potete rimanere tutto il tempo necessario e, se doveste gradire il mio aiuto nella ricerca di un nuovo impiego, non dovrete far altro che chiedere." L'anziana si alzò e lady Viola balzò in piedi per aiutarla.

"Hai bisogno di aiuto a salire le scale?" chiese lady Viola.

"Non questa sera, cara. I miei acciacchi sono molto migliorati, oggi, come accade sempre quando smette di piovere."

Lady Viola baciò la guancia pallida della vedova. "Buona notte, nonna."

"Buona notte," disse Isabelle, alzandosi in piedi. "E grazie."

La vedova se ne andò e lady Viola si voltò verso Isabelle. "Ero sincera: è davvero splendido che voi siate qui. Spero che vi ci voglia tutta la Stagione per trovare un nuovo impiego." La giovane ebbe un sussulto. "Chiedo scusa. Era un pensiero molto egoista. A meno che voi non gradiate l'idea di trascorrere la Stagione con me."

Isabelle non aveva mai sognato di avere una Stagione e l'idea di mescolarsi alla cosiddetta élite non era di nessuna attrattiva per lei. Tuttavia, trascorrere del tempo con lady Viola non sembrava poi tanto male e ciò non aveva nulla a che fare col fatto che ella fosse la sorella di Val. Lady Viola aveva un carattere caloroso e magnetico. Era, forse, la prima donna che Isabel riusciva a immaginare di chiamare amica.

"Mi piacerebbe che mi mostraste la casa, domani, in modo che io possa apprezzare tutto. La collezione d'arte di vostra nonna è davvero magnifica."

"Mi piacerebbe molto! Ma per ora, credo che dovrei mostrarvi la vostra stanza. Blentheim ha detto che i vostri bagagli sono già stati portati laggiù e sono stati disfatti."

Era come se lei fosse un ospite d'onore. Non le era mai capitato prima. "Vostra nonna è molto gentile a permettermi di restare qui. Val–" Dannazione! Il nome del duca le era sfuggito di bocca prima che lei potesse trattenersi. Sperava solo che lady Viola non se ne fosse accorta; e tuttavia, a giudicare dal modo in cui ella aveva leggermente spalancato gli occhi, Isabelle era sicura che lo avesse fatto. "Sua Grazia ha detto chiaramente che sarei stata la benvenuta, ma io non volevo disturbare."

"Non potreste mai disturbare. Voi piacete alla

nonna: lo ha detto lei stessa. Davvero, vi ha lodata altamente."

Isabelle ripensò alle parole della vedova e non riuscì a capire dove fossero le lodi. "Spero che non vi disturberò a lungo. Ho già inviato diverse lettere."

"Beh, io spero nel contrario. Sono convinta che dovremmo fare amicizia e, se voi ve ne andaste troppo presto, io non riuscirei a scoprire perché avete chiamato 'Val' mio fratello." Gli occhi della giovane brillavano di allegria.

Lo stomaco di Isabelle si inacidì. In cosa si era ficcata?

CAPITOLO 10

La camera di Isabelle nella casa della vedova vantava una quantità di quadri stupefacenti quanto quelli che aveva visto la sera prima. Era come essere a Somerset House. Non che lei ci fosse mai stata, a Somerset House, ma riusciva a immaginare che laggiù vi fossero dipinti dello stesso genere, semplicemente più abbondanti.

Aveva dormito bene, in un letto coperto da lenzuola di seta e decorato da un baldacchino di velluto. Si sentiva davvero decadente.

A quanto pareva, la vedova faceva colazione in camera, ma Isabelle fu lieta di unirsi a lady Viola nella sala della colazione, che aveva una parete di alte finestre e porte a vetri che davano sul giardino murato. Poco dopo che si furono sedute, lady Viola insistette perché Isabelle le desse del tu. Sostenne che, dopotutto, erano ormai amiche.

"Cosa facciamo oggi?" chiese Viola una volta che ebbero finito il pane tostato e le uova. "Se non ricordo male, durante il nostro giro di acquisti avevi detto che è la prima volta che vieni a Londra. Devi avere una lista di cose che vorresti vedere e fare."

"Non una lista vera e propria, no. Mi piacerebbe vedere il British Museum. E Somerset House. E magari Hatchards."

"Qualcuno ha detto Hatchards?" Val entrò nella stanza e si inchinò prima di raggiungerle a tavola. Guardò Isabelle. "Per puro caso, sono venuto proprio per portarvi da Hatchards."

"E per portare anche me, spero," disse Viola. "La signora Cortland è il *mio* chaperon, se ricordi."

Val levò gli occhi al cielo. "Sì, puoi venire anche tu."

"Che generosità," disse Viola con voce mielosa. "La prossima volta che farai dei piani per il *mio* chaperon, assicurati che noi non abbiamo altri impegni."

Isabelle trattenne un sorriso di fronte a quella schermaglia simulata. O perlomeno, non sembrava genuina. Era una scena vivace, divertente e molto carina.

"*Avete* degli altri impegni?" chiese il duca, spostando lo sguardo tra sua sorella e Isabelle.

"No," rispose Isabelle.

"Il punto è che avremmo potuto averne," disse Viola, alzandosi. "Ma sei fortunato, perché Hatchards era nel nostro elenco. Andiamo?"

Val inclinò la testa. "Certo. Ma prima, pensavo che la signora Cortland avrebbe potuto gradire una visita a Dangerfield's, dall'altro lato della piazza."

Viola osservò intensamente il fratello, quindi spostò lo sguardo su Isabelle. La curiosità nel suo sguardo spinse Isabelle a cambiare posizione a disagio. Si alzò in piedi. "Vi siete ricordato che ho detto che mi piace visitare le biblioteche circolanti," disse, sperando che ciò avrebbe potuto costituire una spiegazione sufficiente per Viola del fatto che Val fosse a conoscenza di quel dettaglio.

"Esatto."

"Andiamo a prendere le nostre cose," disse

Viola, lo sguardo ancora su suo fratello e su Isabelle.

Fu lei la prima a uscire dalla stanza. Mentre la seguiva, Isabelle si chiese come fare a mettere in guardia Val. Se non fossero stati prudenti, Viola – o peggio ancora, la nonna di Val – avrebbe dedotto quanto bene loro due si conoscevano.

Poco dopo, entrarono nella biblioteca circolante. Viola si diresse subito verso la sezione dei nuovi acquisti, mentre Isabelle vagò nella direzione opposta. Mentre lei sfogliava un libro di poesia, Val si avvicinò in compagnia di un altro gentiluomo.

"Signor Dangerfield, permettetemi di presentarvi la signora Cortland. Signora Cortland, lui è il signor Dangerfield, il proprietario di questa biblioteca circolante."

Isabelle riverì. "Lieta di conoscervi, signor Dangerfield. Avete una splendida collezione."

"Grazie. Mi pare di capire che vostro padre fosse direttore del Merton College. Io ho frequentato Wadham, ma ho assistito ad alcune lezioni di vostro padre." Lo sguardo cupo dell'uomo si intenerì. "Mi è dispiaciuto sapere della sua dipartita."

Isabelle inclinò la testa. "Apprezzo la vostra gentilezza."

Val giunse le mani dietro la schiena. "Il signor Dangerfield ha bisogno d'aiuto con la sua biblioteca e io vi ho raccomandata per questo incarico."

Isabelle rimase di stucco, completamente sorpresa da quella rivelazione. Guardò il signor Dangerfield. "Voi vorreste che io lavorassi qui?"

"È da tempo che sto cercando una persona che mi aiuti a decidere cosa acquistare e che lavori qui qualche giorno ogni settimana. Se siete interessata, sarei lieto di assumervi."

Interessata? Era perfetto. E il merito era tutto di Val. Isabelle lo guardò mentre un caldo senso di gratitudine si diffondeva nel suo petto. "Grazie. Ne sarei onorata."

Il signor Dangerfield fece un ampio sorriso. "Ottimo."

Decisero che Isabelle sarebbe tornata lunedì mattina, dopodiché il signor Dangerfield li lasciò soli. Isabelle si rivolse a Val. "Come facevate a sapere che stava cercando qualcuno?"

"Capisco quanto sia importante per voi la vostra indipendenza e quanto odiate la situazione in cui vi ho messa. Pensavo che avrebbe potuto piacervi lavorare in una libreria o in una biblioteca. Ho colto l'occasione per passare di qui, questa mattina, e per fortuna il signor Dangerfield stava davvero cercando un assistente."

"È quasi troppo bello per essere vero," mormorò lei.

"Ho pensato lo stesso di voi, molte volte."

Le parole di Val le fecero palpitare il cuore, ma Isabelle rifiutò di crogiolarsi in quella sensazione. "Dovete stare attento. Credo che vostra sorella sospetti qualcosa." Isabelle lanciò un'occhiata a Viola, che stava sfogliando un libro dalla parte opposta della biblioteca.

Lo sguardo di Val seguì il suo. "Come mai?"

Isabelle ebbe un sussulto. "Potrei essermi distrattamente riferita a voi col vostro nome di battesimo."

L'attenzione di Val tornò a concentrarsi su di lei e i suoi occhi si spalancarono per un istante. "E lei se n'è accorta?"

"Quasi certamente. Poi, questa mattina voi siete arrivato e avete proposto di portarmi a visitare la biblioteca circolante, il che potrebbe aver lasciato intendere che la nostra conoscenza non sia strettamente recente. È già abbastanza discutibile il fatto che vi siate impegnato ad aiutarmi al punto da darmi alloggio presso vostra nonna."

Val esalò il fiato. "Capisco. Farò del mio meglio per lasciarvi in pace."

Isabelle vide Viola riporre il libro sullo scaffale e voltarsi verso di loro. "Sta arrivando," mormorò Isabelle. Si appiccicò un sorriso alle labbra. "È appena accaduta una cosa straordinaria: il signor Dangerfield mi ha offerto un lavoro qui."

Viola rimase di stucco. "È davvero straordinario. Ti piacerebbe?"

"Non solo, ma mi *piacerà*. È un'ottima soluzione, almeno a breve termine." Lo stipendio non sarebbe bastato a mantenerla, ma avrebbe fatto in modo che lei avesse del denaro senza dover intaccare i suoi risparmi. Ne aveva bisogno per fondare la scuola.

"Non sono sicura che la nonna approverà," disse con gentilezza Viola.

"Penserò io alla nonna," disse Val, al che Isabelle gli lanciò un'occhiata di avvertimento. Non poteva continuare a intervenire per conto suo. Era troppo sospetto e Viola era troppo intelligente per non accorgersene. Se n'era *già* accorta.

"Se lei dovesse preferire che io non restassi, capirò," intervenne Isabelle. "Vostra Grazia, non è necessario che parliate con lei. Per favore." Sperò che Val cogliesse il messaggio che stava cercando di trasmettergli.

"Ma certo che resterai," dichiarò Viola. "Penserò *io* alla nonna. Tu sei il *mio* chaperon, dopotutto, e io ho deciso che ho bisogno di te."

Uscirono da Dangerfield's e si recarono da Hatchards, dove Isabelle si immerse nello splendore dei libri e dell'ambiente pieno di persone che amavano i libri. Avrebbe potuto vivere felice lì.

Val mantenne le distanze, come aveva promesso. Era meglio per tutti ignorare il passato – remoto e recente – e concentrarsi su un futuro nel quale le loro vite viaggiavano parallele. Dopo che lei avrebbe lasciato la casa della nonna di Val. Per il momento, erano quantomeno nella reciproca orbita. Isabelle sperava che Val non sarebbe più tornato per portarla in biblioteche e librerie.

E quel pensiero la deprimeva terribilmente. Il fatto che l'uomo avesse pensato di chiedere se ci fosse un lavoro per lei era incredibilmente commovente. Sembrava che lui la comprendesse. Forse come non aveva mai fatto nessuno.

Quel che era certo era che il marito di Isabelle non si era mai preso la briga di farlo. Aveva trascorso tutto il suo tempo a giocare d'azzardo, tranne quando andava a cavallo o portava a passeggio i cani; tutto, pur di stare lontano da lei. Quando Isabelle non aveva avuto un figlio in grembo dopo tre anni di matrimonio, lui aveva smesso di venire nel suo letto; non che a lei fosse dispiaciuto. Suo marito era stato un compagno di letto molto frettoloso, la qual cosa era migliore di alcune possibili alternative, ma molto peggio di ciò in cui Isabelle aveva sperato. Val l'aveva condannata a delusione certa. Isabelle si era resa conto che avrebbe sempre paragonato a suo marito a lui, ma quando il primo si era rivelato tanto carente, era stato impossibile non tormentarsi per ciò che lei si stava perdendo.

E che la moglie di Val possedeva.

Le tornarono in mente le parole della vedova: la gelosia era un'emozione patetica. L'anziana aveva ragione e Isabelle si era impegnata duramente per non cedere a quel sentimento.

Quando tornarono in Berkeley Square, Val le accompagnò in casa. Decidendo che sarebbe stato meglio trascorrere meno tempo possibile con lui, anche in compagnia di altri, Isabelle fuggì nella sua stanza. Lì, scrisse altre lettere a delle scuole che potevano aver bisogno di personale, anche piuttosto lontane, fino a York. La distanza avrebbe alleviato il dolore della perdita.

E avrebbe anche cancellato la tentazione.

~

Val accompagnò sua sorella e Isabelle in casa. Sebbene Viola avesse detto che avrebbe pensato lei a informare la loro nonna del nuovo lavoro di Isabelle, e sebbene fosse probabilmente meglio che lui tenesse il naso fuori dalle faccende di Isabelle, Val voleva assicurarsi che Viola fosse in grado di gestire la situazione.

Poi, si sarebbe fatto da parte. Aveva fatto tutto il possibile. Si era assicurato che Isabel avesse un alloggio sicuro e un lavoro, che era la cosa più importante per lei. Non poteva fare altro. O meglio, non c'era altro che lei gli avrebbe permesso di fare.

La nonna li accolse nella biblioteca, che si trovava adiacente all'ingresso. "Eastleigh, non hai di meglio da fare che accompagnare Viola e il suo chaperon?"

"È stato un piacere," disse lui senza batter ciglio.

Viola si sedette su una poltrona vicina a quella della vedova. "Ha aiutato la signora Cortland a trovare un impiego da Dangerfield's." Sua sorella lo guardò, quasi sfidandolo a contraddirla.

Sapeva che Val aveva orchestrato tutto? Diamine, doveva aver sentito la loro conversazione con Dangerfield. Val aveva pensato che fossero abbastanza lontani. Si impegnò fortemente per non guardare male sua sorella.

La nonna lo fissò con aria di attesa. "È così?"

"Lei sta cercando lavoro e io ho solo voluto aiutarla."

"Sai perché ha lasciato prematuramente le dipendenze di Barkley?" chiese la nonna.

Certo che lo sapeva. Isabelle aveva trovato lavoro… nella sua taverna. Val non lo avrebbe certo detto a sua nonna. "Non è stato prematuro," disse Val. "Barkley l'ha licenziata."

"E tu non lo trovi strano, questo licenziamento?" rifletté ad alta voce la nonna. "La signora Cortland è incredibilmente qualificata e capace nello svolgere il suo lavoro. Qualunque persona intelligente avrebbe semplicemente assunto una seconda istitutrice per insegnare ciò che lei non insegna. Ma Barkley non ha fatto così. Barkley l'ha congedata."

A che gioco sta giocando la vedova? "Nonna, non ricordo di averti mai sentito parlare per vie traverse."

"E io non ricordo di averti mai visto così ottuso. Quel farabutto provava del tenero per la signora Cortland e lady Barkley lo sapeva. Di conseguenza, lady Barkley si è liberata di lei."

La furia attanagliò le viscere di Val, che faticò a non tornare subito a casa per buttare fuori Barkley. No, prima gli avrebbe dato un pugno e *poi* lo avrebbe buttato fuori di casa. Per poi magari dargli un altro pugno. "Lei non me lo aveva detto."

"E perché avrebbe dovuto? Tu eri semplicemente il padrone di casa, a malapena un conoscente. E tuttavia, ti stai occupando delle sue faccende: le hai trovato un alloggio e un lavoro. Santo cielo, Eastleigh, se vuoi prenderla come amante, fallo e basta." La nonna voltò la testa verso Viola. "Fai finta di non aver sentito, cara."

Viola esalò il fiato. "Ho venticinque anni, nonna. So come va il mondo."

"Preferirei pensare che tu non sapessi dell'esistenza di situazioni del genere, anche se lo sai," disse seccamente la nonna. "Assecondami."

"Non voglio fare di lei la mia amante," disse Val, coi denti leggermente stretti. Non stava precisamente mentendo. Non aveva pensato di fare di Isabelle la sua amante; lei non avrebbe mai accettato. Ma ora che l'idea era stata espressa ad alta voce…

No.

"In tal caso, lasciala perdere." Il tono di voce della nonna era severo mentre lo guardava con gli occhi stretti. "Se trascorressi la metà del tempo che dedichi a lei a cercare moglie, potresti persino trovarne una."

Val ne aveva sentite abbastanza sull'argomento. Se solo sua nonna avesse saputo quanto lui la assecondava davvero. "Non sono pronto per prendere un'altra moglie e ti sarei molto grato se tu smettessi di insistere."

Gli occhi della nonna arsero di irritazione. "Cosa diamine aspetti? Comprendo la tua reticenza, ma sono passati tre anni. Non commetterai lo stesso errore due volte." L'anziana si alzò. "Io mi occuperò della signorina Cortland; in cambio, la settimana prossima, tu verrai con me da Almack's. Ti prometto che non soffrirai."

La nonna uscì dalla biblioteca, lasciando Val a fissarla con rabbia incredula. "Come no," borbottò.

"Mi dispiace," disse a bassa voce Viola, ricordando a Val della sua presenza, dato che lui si era dimenticato che lei fosse lì. "Ma te la sei cercata."

Val girò di scatto la testa verso la sua fastidiosa sorella. "E cosa avrei dovuto fare? Abbandonare la signora Cortland a se stessa?" Perché era così che sarebbero andate le cose. Isabelle non sarebbe rimasta alle dipendenze di Barkley, di questo lui era ormai certo. Val non vedeva l'ora di tornare a casa e cacciare l'uomo. Era ansioso di riportare la sua dimora in condizioni normali e ciò non aveva nulla a che fare con le figlie della coppia, ma tutto con lady Barkley. La baronessa era una presenza insopportabile.

"Avresti potuto farlo," rispose Viola. "Io ho fiducia nelle capacità della signora Cortland. Forse dovresti averne anche tu. Immagino che tu la conosca meglio di quanto la conosco io."

Val la guardò stringendo gli occhi. "Non immaginare."

Viola si alzò, lisciandosi le gonne azzurro pallido mentre si avvicinava a lui. Sfiorandogli delicatamente il braccio, disse: "Mi piacerebbe restare al tuo fianco, se tu ne avessi bisogno." Ciò detto, tolse la mano e se ne andò.

Val si rifugiò dietro la sua solita difesa: non aveva bisogno di nessuno.

CAPITOLO 11

*P*ur avendo cominciato solo alcune ore prima, Isabelle adorava lavorare alla biblioteca circolante. Quando non leggeva, consigliava letture ad altri. Stava già pensando a come avrebbe potuto usare i suoi risparmi per fondare una biblioteca circolante tutta sua. Se solo i libri non fossero stati così costosi. Era davvero un crimine. Solo i ricchi potevano permetterseli e persino le biblioteche circolanti non erano gratuite. Inoltre, i libri andavano restituiti, la qual cosa le aveva provocato grande sofferenza in alcune occasioni.

Isabelle sollevò lo sguardo dal suo libro quando la porta del negozio si aprì. Poi emise un gemito di gioia nel vedere Beatrice e Caroline correre verso di lei.

Si era a malapena alzata dallo sgabello quando entrambe le ragazze la circondarono con le braccia. Lei le strinse forte, crogiolandosi nel loro tepore e nei loro profumi dolci e familiari. Guardando verso la porta, si fece forza, immaginando che avrebbe visto la nuova istitutrice o lady Barkley.

Invece, vide solo Val.

"Le avete portate voi?" chiese.

Le ragazze fecero un passo indietro, ma non la lasciarono: Beatrice le stringeva la mano sinistra, Caroline la destra.

"Aveva detto di avere una sorpresa," disse Caroline, sorridendo. "Ed è una sorpresa bellissima, vero?"

"La migliore." Isabelle rise. "Ora ditemi cosa mi sono persa."

Caroline si lanciò in un'invettiva contro gli orrori del ricamo e i pericoli del ballo, mentre Beatrice si lamentò dell'orrenda pronuncia francese della signorina Shipley.

"È terribile," si lamentò Beatrice. "Vi sanguinerebbero le orecchie."

Isabelle trattenne un'altra risata mentre lanciava un'occhiata a Val. Ma l'uomo non c'era. Dov'era finito?

Caroline sospirò. "Non credevo che lo avrei mai detto, ma mi manca il greco."

"La signorina Shipley non lo insegna per nulla?" chiese Isabelle.

Entrambe le ragazze scossero la testa. "E alla mamma non importa." Il tono di Beatrice era sarcastico. "Ma io ho continuato a studiarlo. Per quanto possibile. Anzi, proprio questa mattina, Sua Grazia mi ha aiutato. È stato allora che ha detto di avere una sorpresa per noi."

Val le stava aiutando col greco, oltre che portarle da lei? Prima le aveva trovato un lavoro e ora stava riempiendo il buco nel suo cuore che si era formato quando aveva dovuto abbandonare le sue pupille. L'uomo stava semplicemente cercando di fare ammenda per il proprio comportamento autoritario quando l'aveva licenziata dalla taverna?

O c'era dell'altro?

Isabelle non era sicura di voler contemplare la seconda possibilità.

"È molto bello che Sua Grazia vi aiuti," disse Isabelle.

Beatrice abbassò per un attimo lo sguardo sul pavimento. "Beh, non può durare, dato che domani ci trasferiremo in Queen Street."

Isabelle avvertì una fitta al petto di fronte alla malinconia nel tono di voce di Beatrice. Avrebbe voluto che la situazione fosse diversa, ma nessuno di loro poteva farci nulla.

Stringendo le mani delle bambine, Isabelle si accovacciò in modo da avere gli occhi più o meno all'altezza di quelli di Caroline e di dover sollevare leggermente lo sguardo per guardare Beatrice. "I cambiamenti possono essere difficili, ma anche meravigliosi. Magari vi innamorerete del pianoforte."

"La mamma vuole farci imparare la chitarra." Caroline mostrò la lingua.

"Potrebbe piacervi. L'importante è mantenere una mentalità aperta. In caso contrario, potreste perdervi le meraviglie che la vita ha da offrire. E io spero che darete una possibilità alla signorina Shipley. Lei non è me e non dovrebbe cercare di esserlo."

"Ma noi vogliamo voi," piagnucolò Caroline.

Beatrice annuì il suo assenso. "Ci mancate."

"Anche voi mancate a me." La gola di Isabelle si serrò, ma lei non volle mostrare loro le sue emozioni. "Vi scriverò spesso e voi dovrete rispondermi."

Caroline si acigliò. "E se la mamma non ce lo lasciasse fare?"

La baronessa aveva detto davvero una cosa del genere? Un'ondata di rabbia travolse Isabelle, che ancora una volta si impegnò per mantenere un tono di voce positivo e un'espressione gentile. "Sono certa che ve lo permetterà."

"Suggerirò fortemente che lo faccia."

Isabelle sollevò di scatto la testa e vide Val in piedi a breve distanza. Da dove era arrivato?

Beatrice gli rivolse un sorriso timido. "Grazie, Vostra Grazia."

"È un piacere. Sarà meglio che voi ragazze scegliate i libri che volete, o non avremo una scusa per questa uscita." Il conte ammiccò alle ragazzine, che guardarono Isabelle.

"Voi ci aiuterete a scegliere?" disse Caroline.

"Ma certo. Potete prenderne due ciascuna." Incrociò lo sguardo di Val. "Li segno sul vostro abbonamento?"

Val inclinò la testa. "Se gradite."

Oh, Isabelle gradiva moltissimo. Era così travolta dalla gentilezza e dalla premura di Val che avrebbe potuto baciarlo.

O magari, semplicemente, voleva baciarlo perché lui era Val. E il Val di oggi sembrava identico al Val dei suoi ricordi, anzi migliore.

Isabelle aiutò le ragazze a scegliere i loro libri e, troppo presto, le piccole se ne andarono. Ora che sapevano che lei era lì, promisero di venire a trovarla il più spesso possibile. Dopo un ultimo abbraccio, Isabella le salutò, quindi corse al bancone, dove si tamponò le lacrime.

Più tardi, nel pomeriggio, Isabelle tornò in Berkeley Square provando soddisfazione per il suo primo giorno nella biblioteca, oltre a una tristezza dovuta all'assenza delle ragazze.

"Isabelle?" Viola la chiamava per nome, ora, dato che le aveva chiesto di darsi del tu. "Vieni in biblioteca!"

Isabelle svoltò nella stanza, dove Viola era seduta a un tavolo. La giovane aveva una mappa del mondo stesa di fronte a sé e non sollevò lo sguardo all'ingresso di Isabelle.

"Com'è andata in biblioteca?" chiese Viola mentre prendeva una matita e scribacchiava un appunto su un pezzo di carta posato sulla mappa.

"Benissimo, grazie. Credo di aver trovato la mia passione."

Viola si raddrizzò e voltò la testa verso di lei. "Pensavo che la tua passione fosse l'insegnamento."

"Lo è. Lo era." Isabelle amava insegnare, ma la vita di un'istitutrice era molto solitaria e, di conseguenza, portava alla solitudine. Lei aveva sviluppato un rapporto molto stretto con le ragazze, ma ora esso non c'era più e lei non aveva nessuno. Il pensiero di ricominciare con una nuova famiglia era poco allettante. "Mi piace il viavai della biblioteca."

"Meraviglioso," disse Viola. "Forse è un bene che il tuo ultimo impiego… si sia concluso." La giovane scosse la testa. "Ho dovuto riflettere per trovare una descrizione adeguata."

'Si sia concluso' sembrava una buona descrizione. "Le ragazze sono venute in biblioteca, oggi." Isabelle non disse che era stato Val a portarcele. Non era necessario fornire a Viola ulteriori prove del fatto che il loro rapporto fosse più profondo di quanto loro dessero a vedere.

Viola appoggiò il fianco al tavolo e si infilò la matita nei capelli biondi raccolti. "È stato bello vederle? O è stato difficile, dato che i loro genitori sono persone così orribili?"

"È stato molto bello. Non le incolperei mai delle mancanze dei loro genitori. Anzi, non vorrei che loro sapessero di come i loro genitori sono davvero. Avranno tempo sufficienza per scoprirlo da sole, anche se spero non lo facciano mai. Soprattutto per quanto riguarda il loro padre." Isabelle rabbrividì.

Le narici di Viola fremettero. "Lui non ha... fatto nulla di deplorevole, vero? Fisicamente, intendo."

"Se vuoi sapere se mi abbia aggredita, no. Mi ha toccata come non aveva mai fatto prima e, per fortuna, io sono riuscita ad allontanarmi senza provocarlo." Isabelle era grata, quando pensava a quanto peggio sarebbero potute andare le cose.

Viola sbuffò. "Gli uomini sono terribili. O comunque, la maggior parte di loro lo è. Mio fratello mi piace, ma nella mia mente, lui non è un uomo. È mio fratello."

Nella mente di Isabelle, Val era decisamente un uomo e decisamente *non* disgustoso. Suo marito, d'altro canto... "Non posso contraddirti."

"Naturalmente, le donne possono essere altrettanto colpevoli," rifletté ad alta voce Viola. "Prendi la moglie di Val. Era una persona orribile."

Isabelle non avrebbe dovuto chiedere, ma non riuscì a trattenersi. "In che senso?"

"Era sconsiderata e indiscreta: era sempre fuori fino a tarda notte, a giocare d'azzardo e in generale a comportarsi come una donna di facili costumi piuttosto che una duchessa. Per poco non ha fatto venire un colpo apoplettico alla povera nonna."

Isabelle non ne aveva avuto idea, e perché avrebbe dovuto? Non c'era da stupirsi che Val fosse stato infelice. "Che cosa le è successo?" Di nuovo, non avrebbe dovuto chiedere, ma era del tutto incapace di rimanere in silenzio.

"Aveva un figlio in grembo e lo ha perso. Nemmeno lei è sopravvissuta." Viola abbassò lo sguardo, aggrottando la fronte. "La nonna ha detto che è stato meglio così. Io dico sempre 'povera nonna', ma è stato Val quello che ha subito più di tutti le conseguenze del comportamento di Louisa."

Val aveva amato quella donna? Lei gli aveva spezzato il cuore? Erano altre domande che Isabelle avrebbe voluto porre, ma decise che non poteva farlo. Non erano affari suoi e stava ignorando i suoi stessi ammonimenti riguardo al non mostrare la profondità della sua relazione con Val alla famiglia di lui.

Quali che fossero stati i sentimenti del duca nei confronti della moglie, Isabelle soffriva per lui. Perdere un figlio era peggio che non poterne avere. O almeno, questo era ciò che pensava lei, in quanto persona che, evidentemente, non poteva avere figli.

Viola le rivolse un sorriso astuto e segreto. "Credo che dovrei portarti fuori, questa sera."

"Non posso," protestò Isabelle. "Non ho nulla da mettermi." Per non parlare del fatto che non voleva uscire.

"Posso prestarti dei vestiti e non stiamo parlando di un evento dell'alta società. Voglio portarti in un posto in cui mi capita di andare alle volte. È divertentissimo e l'anonimato sarebbe assicurato. Che ne dici?"

Anonimato? A Londra? E non era un evento sociale?

Un lieve sorriso sollevò le labbra di Isabelle. "A che ora partiamo?"

~

"*T*arleton!"

Val non sollevò lo sguardo dal boccale al coro che si levò all'ingresso del suo amico Hugh Tarleton. Era troppo intento a piangersi addosso.

Hugh si sedette accanto a lui. "Eastleigh, sei ubriaco?"

"Non ancora."

"È così da tutta la sera," disse Jack. "Magari potresti tirarlo un po' su con un bel sermone."

"Se volete sentire un sermone, venite in chiesa." La voce profonda e autoritaria di Hugh risuonò attorno al tavolo.

Jack ridacchiò. "Non alla tua. Preferisco che i contenuti delle mie tasche non cambino proprietario, grazie."

Hugh era il vicario della Chiesa di St. Giles in the Fields, al centro di una delle zone peggiori di Londra. "Le tue tasche sarebbero al sicuro. Nessuno osa rubare nella mia chiesa."

Val non ne dubitava. Hugh era un vero e proprio mastodonte, con spalle enormi e braccia che sembravano capace di spezzare in due chiunque.

"Perché ti stai ubriacando?" chiese Hugh mentre una delle cameriere gli metteva di fronte il boccale.

"Mi sembrava una buona idea." Perché così avrebbe potuto dimenticare Isabelle, almeno per un po'. Doveva smettere di torturarsi come aveva fatto nel pomeriggio, quando aveva portato le ragazze di Barkley alla biblioteca. Lo aveva fatto perché le poverine erano molto abbattute da quando Isabelle se n'era andata e Val si dispiaceva per i genitori terribili che si ritrovavano. Ma a voler essere onesto, lo aveva fatto anche per vedere Isabelle.

Non solo per vederla; lo aveva fatto per renderla felice. E a giudicare dalla sua reazione, c'era riuscito. Il problema era che, avendolo fatto, voleva continuare a farlo. Il problema era che non aveva occasione di farlo. Isabelle non gli apparteneva.

Finì la birra di fronte a sé e chiese con un gesto un rabbocco.

La porta si aprì, ma non si udirono cori. Capitava, alle volte: non tutti erano clienti regolari. Ma probabilmente lo sarebbero diventati presto, per cui non ci fu nulla di cui stupirsi quando qualcuno salutò immediatamente il nuovo arrivato. *I nuovi arrivati.*

Val sollevò lo sguardo e vide due giovani gentiluomini. Erano entrambi piuttosto magri e avevano entrambi una quantità eccessiva di peluria facciale. Val pensò che dovevano aver avuto il vaiolo e che le barbe servissero a coprire le cicatrici.

"Volete sedervi con noi?" invitò Hugh.

"No, grazie," rispose uno dei due. "Eravamo venuti per giocare a biliardo. Ehm, ce l'avete una sala da biliardo, vero? Ci avevano detto di sì."

Val guardò con gli occhi stretti il più basso dei due, quello che aveva parlato. C'era qualcosa in quella voce...

"Certo che ce l'abbiamo," rispose Jack. "Sarò lieto di mostrarvela." L'uomo si alzò e si recò al bancone. "Doyle, un paio di birre per questi bravi gentiluomini."

"Già fatto." Doyle fece scivolare i boccali sul bancone e sorrise. "Benvenuti al Duca Malandrino, ragazzi."

L'uomo più basso prese il boccale, quindi lanciò un'occhiata all'altro quando questi esitò. C'era qualcosa di molto strano in loro. Lentamente, Val si alzò. "Se non vi dispiace, vengo con voi."

"Ma certo che non dispiace loro," disse Jack. "Non possono certo dire di no al proprietario." L'uomo mormorò, in un sorriso teatrale rivolto ai due gentiluomini: "Costui è il duca di Eastleigh, uno dei 'Duchi Malandrini' da cui prende il nome il locale. È solito ottenere quello che vuole." Jack gli ammiccò e Val levò gli occhi al cielo. Notò inoltre che il più alto dei due gentiluomini lo stava fissando, ma in quel momento egli distolse rapidamente lo sguardo, come se incrociare quello di Val potesse fargli prendere fuoco.

Val chiese a Doyle la chiave della scatola delle palle da biliardo e seguì i gentiluomini, guidati da Jack, nella sala apposita. Essa era collegata tanto alla sala principale quanto alle salette private, ma le porte erano tenute chiuse, dato che la luce nella sala da biliardo era molto più intensa che negli altri ambienti del pub.

Uno dei quattro tavoli era già in uso da un paio di gentiluomini che giocavano sotto le lampade a olio. Costoro salutarono calorosamente Jack, Val e i nuovi arrivati.

"Eccoci," disse Jack. "Avete già giocato in passato?"

Il gentiluomo alto scosse la testa, mentre il più basso annuì. "Molte volte."

Val si recò alla scatola chiusa a chiave dov'erano conservate le preziose palle d'avorio e ne estrasse un set. Posizionò i due pallini bianchi e quello rosso sul tavolo più vicino e richiuse a chiave la scatola.

Jack accennò col capo al più alto dei due gentiluomini. "Vi auguro buona fortuna. "Poi si rivolse a Val. "Io torno di là. Vieni?"

Val era fin troppo interessato a scoprire il mistero di quei due gentiluomini. Aveva dei sospetti ed era sicuro che avrebbe avuto modo di confermarli nel giro di poco tempo. "No, rimarrò qui a guardare."

Il gentiluomo più alto lanciò un'occhiata a Val e lui non ebbe bisogno d'altro. Conosceva quegli occhi di cobalto, che non appartenevano a nessun uomo. Conosceva inoltre la voce dell'altro uomo, perché costui – o meglio, *costei* – veniva spesso al pub, anche se con un travestimento diverso. Chiaramente, Viola stava cercando di nascondere la propria identità, perché se Val l'avesse riconosciuta, probabilmente avrebbe riconosciuto anche la sua amica. Il che lo portò a chiedersi: perché Viola aveva corso un rischio simile? Di certo, doveva sapere che lui si sarebbe accorto di tutto.

Il perimetro della stanza conteneva una manciata di tavoli e sedie per gli spettatori. Val prese posto su una delle sedie più vicina al tavolo da biliardo e si preparò a divertirsi. "Fino a quanti punti giocherete?" chiese.

"Sei," rispose Viola, mentre si avvicinava alla parete e sceglieva una stecca in luogo di una mazza. Cosa avrebbe scelto Isabelle? Conosceva la differenza?

All'improvviso, Val non resistette all'occasione che gli si presentava. Si alzò e raggiunse Isabelle. "Dato che questa è la vostra prima volta, posso raccomandarvi una stecca? Sono molto più precise delle mazze." Ne scelse una e gliela offrì, prendendo atto del fatto che la donna continuava a evitare il suo sguardo. "Il cuoio all'estremità guiderà la palla mentre voi cercate di colpire le altre sul tavolo o di eseguire un azzardo."

"Un azzardo è quando mandi una delle altre palle in buca," disse Viola, badando a mantenere un tono di voce profondo. Viola spiegò il resto delle regole che avrebbero seguito quella sera, facendo appello a tutto ciò che Val le aveva insegnato. Se anche lui non avesse scoperto la sua identità prima, lo avrebbe fatto ora.

"Perché non fate qualche tiro di prova per mostrare al vostro amico come si fa, signor..." suggerì Val.

Viola rispose. "Io sono il signor Gates e questo è il signor Beaufort. Tirerò per primo, per dare una dimostrazione." La sorella di Val spiegò a Isabelle come decidere cosa colpire e dove, oltre a mostrarle il modo corretto di tenere la stecca. Viola era molto a brava a giocare a biliardo ed effettuò un azzardo, mandando la palla rossa in buca.

"Non sembra difficile."

Val si morse il labbro per non ridere di fronte al tono ridicolmente profondo della voce di Isabelle. "Provate."

Isabelle osservò il tavolo e si recò sul bordo. Si rese conto di essere troppo vicina e fece un passo indietro. Quindi posizionò la stecca e mancò completamente la palla.

Viola ridacchiò e Isabelle le rivolse un'occhiata colma di odio. Val ingoiò una risata. "Posso darvi una dimostrazione?"

Prese una stecca dalla parete e si mise sul lato del tavolo di Isabelle per farle vedere come approcciare il tiro. "Bisogna tenere la stecca in modo da controllarne i movimenti. Così." Val afferrò lo strumento verso il fondo, guidandone la parte superiore con l'altra mano.

Isabelle cercò di imitarlo, ma non riuscì a padroneggiare né la postura né la presa. Val appoggiò la stecca al tavolo e si portò alle spalle della donna per posizionarle le braccia.

Non lo avesse mai fatto.

Isabelle poteva anche essere vestita da uomo, ma lui era fin troppo consapevole del fatto che fosse donna. E non una donna qualsiasi, ma Isabelle, la fonte di tutti i suoi sogni.

Cercò di mantenere il contatto al minimo, ma ciò non ebbe importanza. A quella distanza, il profumo della donna colmava i suoi sensi. Muovendosi rapidamente, Val aggiustò la presa di Isabelle sulla parte inferiore della stecca, quindi le passò un braccio attorno al corpo e si chinò, premendole il petto contro la schiena mentre le mostrava come guidare il bastone verso la palla. Quindi le diede una dimostrazione, controllando i suoi movimenti.

La stecca colpì la palla di Isabelle, mandandola a sbattere contro quella di Viola. E Val si staccò prima di non essere più in grado di farlo.

Prese la stecca e la rimise sulla parete. "Molto bene." Con quelle parole, voleva descrivere il colpo di Isabelle, ma esse si applicavano anche per molte altre cose.

Oh, che follia.

Val tornò alla sua sedia e al tavolo dove aveva lasciato il boccale. Sollevato quest'ultimo, bevve un lungo sorso.

"Credo sia necessario fare ulteriore pratica," disse Viola. "Prova ancora."

Isabelle si chinò a prendere la mira e Val avrebbe potuto giurare di vederla tremare. 'Follia' non cominciava nemmeno a descrivere la situazione. Perché lui avrebbe dovuto andarsene. Invece, rimase dov'era e guardò Isabelle provare diversi tiri.

Il gruppetto – cinque gentiluomini – entrò nella stanza, colmando l'ambiente con le sue risate. "Per fortuna c'è un tavolo libero," disse uno.

"Due," esclamò allegramente Viola. "Ma voi siete in cinque. Chi di voi non gioca?"

"Faremo a turno," disse uno.

Val si alzò e andò ad aprire la scatola con le palle. Ne presero due set e prepararono i due tavoli rimasti. Presto, la sala da biliardo si colmò di conversazioni animate e scommesse bonarie.

"Sei pronto a cominciare la partita?" chiese Viola a Isabelle.

"Diciamo di sì."

Su insistenza di Isabelle, Viola tirò per prima, facendo un punto quando colpì il pallino di Isabelle. Poi Isabelle colpì la sua palla, ma esse si mosse a malapena. La donna grugnì in preda alla frustrazione mentre Viola si apprestava a tirare ancora.

Viola mancò e questo diede inizio a una serie di due tiri mancati da parte di ciascuna. Al terzo tentativo, Isabelle colpì la palla con tanta forza che essa oltrepassò il bordo del tavolo e colpì alla schiena uno dei gentiluomini al tavolo accanto.

"Oh!" Isabelle si coprì di scatto la bocca, e l'esclamazione e il gesto furono talmente femminili che Val balzò in piedi.

Prese la birra di Isabelle e le porse boccale. "Voi non conoscete bene la vostra forza, Beaufort."

Lo sguardo di Isabelle incrociò il suo per una frazione di secondo prima che la donna lo tuffasse nel boccale e bevesse un lungo sorso, svuotando il contenitore.

"Sembra che abbiate bisogno di altra birra," disse Val. "Lasciate che vi mostri il birrificio, così potrete fare qualche assaggio." Era ora per lei di andare, prima che rovinasse del tutto il travestimento. Val si rivolse a Viola. "Volete venire anche voi?" Non era intesa come una domanda.

Ma Viola parve pensare diversamente. "No, grazie. Ho ancora della birra. Credo che uno di questi altri gentiluomini sarà felice di tirare al posto di Beaufort."

"Lo farò io!" A parlare era stato l'uomo che, al momento, non stava giocando nulla. Val lo conosceva, naturalmente, proprio come conosceva tutti gli altri presenti nella stanza. Non aveva alcun problema a lasciare Viola da sola con loro. Sua sorella veniva occasionalmente alla taverna vestita da uomo – l'allegro Tavistock – per documentarsi al fine di scrivere la sua rubrica per la *Lady's Gazette*, dal titolo 'Osservazioni sui gentiluomini'.

Val non sapeva se Viola si fosse resa conto che

lui conosceva le loro identità, ma decise che la cosa non aveva importanza. Avrebbe detto a Isabelle che doveva essere più discreta, o avrebbe dovuto andarsene. Se Isabelle avesse scelto la seconda opzione, lui sarebbe tornato a informare 'Gates' che il suo amico stava male e doveva andare via.

Toccando il braccio di Isabelle, Val disse: "Seguitemi."

La donna esitò e lui temette che non lo avrebbe seguito. Poi, Isabelle afferrò il boccale e lo seguì fuori dalla sala da biliardo.

Val la condusse attraverso la saletta privata, poi in cucina e nel birrificio. Non appena furono entrati, chiuse la porta.

La donna si pose al centro della stanza, dandogli le spalle.

"Cosa diavolo ci fate qui?" chiese lui.

Lei si voltò parzialmente, la testa inclinata verso il basso, e la sua voce si abbassò a quel ridicolo tono che era buffo e, al tempo stesso, portava con sé una sorta di cupa sensualità. "Chiedo scusa?

Val avanzò con l'intento di rivelare il suo diabolico piano. Non sapeva esattamente come fino a quando non la raggiunse, al che il metodo divenne ovvio. La prese tra le braccia e la baciò.

I peli della barba finta gli solleticano il viso e Val avrebbe potuto anche ridere di quell'assurdità, se non fosse stato travolto all'istante dal tocco della lingua di Isabelle quando lei aprì la bocca per lo stupore.

Circondandole la nuca con una mano, Val le tolse il cappello e affondò le dita nei suoi capelli. Le forcine presero il volo e le ciocche setose si sparsero sulla sua mano mentre la sua bocca danzava con quella di Isabelle.

Isabelle si staccò, portandosi una mano alla

nuca e trovando la sua. "Mi avete rovinato il costume!"

"Il vostro costume non era molto convincente. O credete che io vada in giro a baciare gentiluomini sconosciuti?" Val era combattuto tra l'ilarità e un desiderio travolgente. Nonostante i peli che coprivano la metà inferiore del suo viso e l'abbigliamento mascolino, non aveva mai desiderato di più di Isabelle.

Lei lasciò cadere la mano lungo un fianco. "Non credo proprio di saperlo. Chissà, magari gradite la sensazione che vi dà una barba."

"Credo di sì, perlomeno in queste circostanze. Devo riprovare, o preferite togliervela?"

Isabelle si guardò attorno, poi raggiunse un tavolo da lavoro, dove posò il boccale vuoto. Quindi si voltò verso di lui, lo sguardo sensuale, e le sue labbra si chiusero in un invito provocante. "Credo che la toglierò. Ditemi, Vostra Grazia, quella porta si può chiudere a chiave?"

CAPITOLO 12

Isabelle non avrebbe dovuto fare una domanda del genere, eppure non riuscì a costringersi a rimangiarsela. Stimolata com'era da quella spericolata avventura con Viola e dal boccale di birra che aveva bevuto, non ci era voluto molto perché la sua attrazione nei confronti di Val arrivasse a livelli pericolosi. Quando lui l'aveva aiutata a posizionare la stecca, tutto il corpo di Isabelle si era risvegliato, tanto nel ricordo quanto nella pregustazione. Voleva sapere se stare con lui sarebbe stato bello come lo era stato dieci anni prima.

C'era un solo modo per scoprirlo.

Val la fissò, stringendo leggermente gli occhi e allargando le narici. I muscoli nella sua mascella si serrarono e all'improvviso lui si voltò. Ma non si mosse; si limitò a restare dov'era per un momento. Poi si mise in movimento e trascinò un barile di fronte alla porta.

Non era una vera e propria serratura, ma Isabelle si disse che sarebbe stato sufficiente. Portandosi una mano sul viso, strattonò delicatamente la barba, che Viola aveva applicato usando una pasta. La sua amica aveva sostenuto che la pasta fosse sicura, che gli attori la usassero sul palcoscenico; ma ora, quando Isabelle cercò di rimuovere la peluria, cominciò a pensare che le avrebbe strappato la pelle.

Raggiungendola al tavolo, Val le prese la mano e le diede un bacio al polso. Poi prese in mano la situazione, staccandole con delicatezza i peli dal viso. Lavorò lentamente e lei chiuse gli occhi mentre l'uomo liberava la sua pelle. Quando Val ebbe finito, lei lo sentì muoversi e aprì gli occhi.

L'uomo tornò con un panno umido, con cui le tamponò la guancia. Quindi la baciò lì, accarezzandola con le labbra con la stessa premura che aveva usato nel toglierle la barba finta. Passò all'altra guancia e ripeté il tutto. Isabelle chiuse gli occhi e si lasciò andare al suo tocco. L'uomo le passò il panno sul mento e la baciò lì, soffermandosi per un istante con la bocca. Quindi, il panno le sfiorò le labbra e il cuore di Isabelle accelerò i battiti nell'attesa di ciò che sarebbe venuto dopo.

Il panno svanì e fu sostituito dalle labbra dell'uomo. Ma quella non era una carezza gentile. Era una richiesta urgente, una preghiera di arrendersi.

Isabelle si aggrappò al collo di Val e premette le mani contro la sua carne calda, aprendo la bocca per lui e rispondendo al suo invito con uno proprio. Le barriere del tempo e della decenza crollarono mentre le loro labbra e le loro lingue si muovevano insieme.

Val la baciò con trasporto, poi con dolcezza, poi angolò la testa in una direzione nuova e poi tornò a mordicchiarle il labbro. Isabelle affondò le dita in lui, infilando le mani sotto il suo fazzoletto... o almeno provandoci. Frustrata, strattonò la seta, allentando il nodo fino a scioglierlo. Poi infilò le mani nella camicia di Val e, questa volta, ebbe accesso completo al suo collo e alle sue clavicole.

L'uomo era calore e muscoli tesi e sensazioni divine, e gemette nella sua bocca mentre lei esplorava.

Val si strattonò la giacca e lei lo aiutò a togliersela di dosso e a buttarla sul pavimento. Poi gli sbottonò il gilet, ansiosa di sentire l'uomo contro di lei. Ma, un momento. Come potevano fare? Lì non c'era un letto. Non c'era un luogo comodo. C'erano solo alambicchi per la birra.

Isabelle staccò la bocca da quella di Val e inalò. "Magari–"

Val la baciò di nuovo, velocemente e con vigore, quindi appoggiò la fronte alla sua. "Se mi dite che dobbiamo fermarci, potrei morire. Voglio dire, mi fermerò, ma potrei lasciare questo mondo."

"Non volevo dirvi di fermarvi. Solo chiedervi se non dovremmo aspettare di essere in un luogo più appropriato."

L'uomo le appoggiò una mano sul viso e si ritrasse per guardarla negli occhi. "Non ho bisogno di un letto. Né di nient'altro. Ho bisogno solo di voi."

"Mi fido di voi, come ho sempre fatto."

Val la baciò ancora una volta, marchiandole a fuoco le labbra con un'intensità che le fece quasi piegare le ginocchia. Si aggrappò alle spalle di Val e lui la fece ruotare fino a quando lei non sentì il tavolo contro il posteriore.

Indietreggiando, lui le slacciò il fazzoletto e osservò il suo travestimento. "Sebbene mi piaccia vedere le vostre gambe avvolte nei pantaloni, sarebbe molto più facile se voi aveste indossato una gonna."

Isabelle se ne rendeva conto, ora, e ridacchiò. "Non avevo progettato di essere sedotta."

L'uomo inarcò un sopracciglio mentre gettava da parte il fazzoletto da collo e faceva seguire a esso la giacca. "Voi, sedotta? Se non sbaglio, siete stata proprio voi a suggerire che io chiudessi la porta a chiave. Mi sembra palese che sia io l'oggetto della seduzione."

Isabelle finì di sbottonargli il gilet mentre lui faceva lo stesso con lei. Dopo aver lasciato cadere il suo indumento a terra, Val le sollevò la camicia da sopra la testa, lasciando la metà superiore del suo corpo coperta solo dalla fascia di mussola che Viola aveva usato per avvolgerle i seni.

Val la fissò, l'espressione un misto di delusione e confusione. Lei liberò l'estremità della fascia, che era infilata tra i suoi seni. "Toglietela," disse semplicemente.

Presa la mussola dalla sua mano, Val srotolò lentamente il tessuto, incrociando e sostenendo il suo sguardo. Quel semplice gesto divenne qualcosa di sensuale mentre Isabelle veniva gradualmente liberata dalla mussola sempre più allentata. E poi essa svanì e lo sguardo di Val si abbassò.

Il rumore del suo inalare la avvolse nel calore e nella voglia, facendo pulsare il suo corpo dal desiderio. L'uomo allungò una mano, accarezzandole dolcemente il seno prima di passare un pollice sul capezzolo. Isabelle lo sentì inturgidirsi nel momento preciso in cui vide gli occhi dell'uomo stringersi per la lussuria.

Val si chinò e le posò la bocca su quel punto, stuzzicandola con le labbra, provocandola con la lingua. La torturò per un lungo minuto e lei chiuse gli occhi, crogiolandosi nella sensualità nonostante volesse disperatamente qualcosa di più. Isabelle circondò la nuca di Val con una mano e gli tirò i capelli, invitandolo a prendere di più da lei, a concedersi maggiormente.

E lui lo fece.

La sua bocca si chiuse su di lei e succhiò, mandando un violento spasmo di voglia dritto al suo sesso. Sì, una gonna sarebbe stata molto meglio. Isabelle avrebbe potuto sollevarla in quello stesso istante e incoraggiare Val a penetrarla.

Premette le dita contro lo scalpo dell'uomo. "*Val.*"

Lui si fermò e sollevò lo sguardo.

"Vi voglio. Proprio come dieci anni fa. No, vi voglio di più. E so che non dovrei, che non *dovremmo*, proprio come lo sapevo allora. Quando si tratta di voi, sono indifesa."

"Shhh." Val sorrise teneramente prima di baciarla. "Non indifesa," mormorò contro le sue labbra prima di staccarsi e fissarla negli occhi. "Siete una donna che sa quello che vuole e se lo prende. Cole e io abbiamo aperto il Duca Malandrino proprio per far sì che le persone potessero essere ciò che volevano, senza pretestuosità, senza giudizi, senza rimpianto."

"Voi mi avete sempre permesso di essere esattamente quello che sono. Tranne una cameriera," scherzò lei.

"Se proprio volete essere una cameriera, potete essere una cameriera."

"Preferisco essere una bibliotecaria. Grazie." Isabelle premette le labbra contro quelle dell'uomo. "Per averlo reso possibile. Per avermi portato le ragazze, oggi. Per questo."

La bocca di Val si curvò in un sorriso seducente. "Non ho fatto ancora nulla."

"Non è vero, ma voglio che arriviate fino in fondo."

"Siete sicura?" chiese gentilmente Val, aggrottando la fronte.

Isabelle trovò l'orlo della sua camicia e glielo sollevò fino al petto. Val la aiutò a finire di sfilarla e, mentre era impegnato a gettare l'indumento da parte, lei lo baciò nell'incavo della gola. Isabelle portò le mani alla patta dei pantaloni di lui e cominciò slacciare i bottoni. Val le appoggiò una mano sulla nuca e gemette a bassa voce quando lei gli infilò una mano nei pantaloni e gli accarezzò il membro.

L'inguine di Val premette in avanti, dopodiché l'uomo cominciò a muoversi freneticamente. Le sbottonò i pantaloni, che per fortuna erano molto meno aderenti dei suoi – in caso contrario, sarebbero stati un pessimo travestimento – e glieli abbassò al di sotto del bacino, per poi sollevare Isabelle sul tavolo. Lei gemette alla sensazione del legno freddo contro il posteriore nudo. Dopo averle tolto gli stivali, Val gettò i pantaloni e non si prese nemmeno la briga di toglierle le calze.

La voglia pulsava nel sesso di Isabelle. "Toccatemi, Val."

Lui si infilò tra le sue gambe, impossessandosi della sua bocca mentre le passava la mano sulla coscia. Le sue dita premettero contro il pube di Isabelle, trovando il clitoride, quel dolce punto a cui lui l'aveva iniziata molto tempo prima. Il punto che suo marito non aveva mai nemmeno cercato. Il punto che lei aveva toccato così tante volte pensando a Val. Mai, nei suoi sogni, Isabelle aveva immaginato che lo avrebbe sentito ancora.

Il piacere si avvolse a spirale dentro di lei, che avvertì un doloroso bisogno di avere Val dentro di sé. Si mosse fino al bordo del tavolo, alla ricerca di lui. L'uomo infilò un dito nel suo fodero e lei gridò. Val la baciò, prendendo dentro di sé la sua esultanza.

Isabelle serrò le palpebre e si lasciò andare completamente alla dolce tortura inflittale da Val. Sentirlo, odorarlo e assaporarlo era quasi troppo. Stava per perdersi completamente e non era sicura di voler essere ritrovata.

All'inizio, Val la accarezzò lentamente, stuzzicandola col pollice mentre pompava dentro e fuori col dito. Isabelle si mosse con lui, ansioso di raggiungere quella vetta promessa dove la luce incontrava il buio e la fine ritrovava l'inizio. Val cominciò a muoversi più velocemente, toccandola esattamente nel modo in cui lei aveva bisogno di essere toccata. Era come se egli ricordasse ogni carezza, ogni sensazione, e le stesse riproducendo in maniera esatta.

Ma poi le dita divennero due e, all'improvviso, tutto cambiò. Di più. Più veloce. Frenetico. Val staccò la bocca dalla sua e le mormorò nell'orecchio: "Venite per me, Isabelle."

Tutto, dentro di lei, si spezzò. Isabelle si tuffò nella gloriosa oscurità e abbracciò la fine, sapendo che era solo temporanea e ansiosa che l'estasi ricominciasse di nuovo.

Val si allontanò dal suo sesso e lei allungò una mano per liberare il membro dell'uomo dai suoi vestiti. Lui gemette quando lei accarezzò la sua vellutata morbidezza, il cui ricordo impallidiva ora che aveva la realtà in mano.

La mano di Val coprì la sua e, insieme, lo guidarono fino al sesso di Isabelle. La sua carne era sensibile e il piacere che aveva bramato la travolse con la sua pura intensità, strappandole un gemito. Afferrò l'inguine di Val e lo attirò dentro di sé. Obbediente, l'uomo la penetrò a fondo, riempiendola con abbandono selvaggio.

Isabelle avvolse le gambe attorno alla vita di Val e lui la premette contro di sé. L'uomo la baciò, la bocca aperta, passando la lingua sulla sua. Lei si sentiva avida e disperata, come se non potesse averne abbastanza di lui, e probabilmente era davvero così. Ma ora non voleva pensarci. Ora, voleva abbandonarsi alla gloria di quel momento, di quell'estasi.

I loro corpi si mossero insieme, come se non fossero trascorsi dieci anni, ma dieci minuti dall'ultima volta in cui erano stati un solo essere. Lei lo strinse forte, usando la sua forza come un'ancora mentre il piacere la travolgeva con un'ondata di passione. Val accelerò il ritmo e lei gli restituì colpo su colpo mentre si avviava ancora una volta verso la vetta.

E poi ci arrivò, colta completamente alla sprovvista mentre si tuffava nel piacere. Val la seguì un istante dopo, riempiendola ancora ancora fino a quando tutti i suoi muscoli non si tesero.

Isabelle lo sentì che cominciava a uscire, ma lo tenne stretto. "Non andatevene."

Val lanciò un urlo mentre il suo corpo fremeva. Lei gli passò le dita sulle spalle, sulla schiena, traendo respiri profondi per tornare sulla terra.

Le labbra dell'uomo premettero contro la sua guancia, la sua tempia, la sua fronte. "Sarei dovuto uscire dal vostro corpo."

"Sono stata sposata per quattro anni e non ho mai avuto figli. Probabilmente, non c'è nulla di cui preoccuparsi." Probabilmente. Forse qualcosa c'era, ma lei non volle pensarci. Avrebbe conservato preziosamente il ricordo di quella notte.

Le labbra di Val rivendicarono le sue, baciandola con dolce soddisfazione. Isabelle lo strinse forte; non avrebbe mai voluto lasciarlo andare, ma sapeva che avrebbe dovuto farlo. E presto.

Un brivido corse lungo le sue spalle e lei tremò.

"Voi avete freddo," mormorò Val. Lasciandola dov'era, raccolse i suoi vestiti e cominciò ad aiutarla a rivestirsi. Lui stesso si era rimesso i pantaloni e aveva abbottonato la patta, ma era ancora a torso nudo. Isabelle non riuscì a non guardare con apprezzamento il suo ampio petto e i sottili riccioli di peli biondi che occupavano sparsamente lo spazio tra i suoi capezzoli.

L'uomo sollevò la fascia di mussola che Viola aveva usato per fasciarle i seni. "È necessario fasciarvi di nuovo?"

Isabelle si toccò il viso nudo. "Credo che il mio travestimento sia completamente rovinato."

Sorridendo, Val gettò la mussola sul tavolo. "Potete uscire dal retro, così nessuno vi vedrà; io chiamerò una vettura. Ma prima, informerò il 'signor Gates' che avete avuto un malore."

Isabelle ridacchiò mentre si infilava la camicia. Val la aiutò a indossare i pantaloni e la sollevò gentilmente per farla scendere dal tavolo. Fece per aiutarla a infilarsi la camicia nei pantaloni, poi si interruppe e fece un passo indietro.

"Se ricominciassi a toccarvi, non riuscirei a fermarmi."

"E io non ve lo chiederei," disse Isabelle con voce roca. Già lo voleva di nuovo e temeva che lo avrebbe voluto per sempre.

L'uomo distolse lo sguardo tormentato dal suo e, dandole le spalle, trovò la propria camicia. Infilandosi l'indumento da sopra la testa, le bloccò quella splendida visuale. La sua schiena era meravigliosa quanto il davanti, dagli angoli delle scapole ai muscoli che correvano fino al posteriore. Anche se quest'ultimo era avvolto dai pantaloni – un paio che gli aderiva splendidamente, quasi come un paio di pantaloni in pelle di daino – lei era comunque in grado di apprezzarne la pregevole curvatura.

Una volta che furono entrambi vestiti, Val le prese le mani e baciò il palmo di ciascuna di esse.

"Ripetiamo tra dieci anni?" chiese scherzosamente lei.

Val sussultò e aggrottò la fronte. "Per favore, non costringetemi ad aspettare tanto a lungo."

Cosa voleva dire? Le stava proponendo di proseguire? Di avere una relazione clandestina con lui? La tentazione era forte, ma Isabelle era stata sincera quando gli aveva detto che non poteva diventare la sua amante e aspettarsi poi di diventare la direttrice di una scuola. Ma, e se avesse aperto invece una biblioteca circolante?

Ma tu non puoi permettertela una biblioteca circolante.

Resistendo all'impulso di battere il piede in preda alla frustrazione, Isabelle accarezzò la guancia di Val. "Ci siamo abbandonati per una notte. Nient'altro."

Poi, l'uomo disse l'unica cosa che lei non aveva mai immaginato avrebbe detto. E l'unica cosa alla quale non poteva rispondere di sì. "Sposatemi, Isabelle."

CAPITOLO 13

Lo stupore negli occhi di Isabelle rispecchiava quello che provava Val. La proposta di matrimonio gli era uscita di bocca prima che lui potesse riflettere. Ma era davvero in grado di farlo? Di riflettere?

Lui e Isabelle erano palesemente una bella accoppiata in termini di carattere, arguzia e, sicuramente, fisicità. Lei non sarebbe stata il genere di moglie che era stata Louisa, di questo ne era sicuro.

Quando Isabelle non rispose, limitandosi a continuare a fissarlo come se lui avesse proposto di volare fino alla luna, Val prese la parola. "Siete sconvolta. A onor del vero, lo sono anch'io. Ma pensateci, Isabelle. Stiamo molto bene insieme e potremmo fare quello che abbiamo fatto adesso ogni notte."

"Voi volete sposarmi in modo che possiamo avere rapporti ogni volta che lo vogliamo."

Messa così, in tono incerto e vagamente incredulo, la proposta non sembrava esattamente meravigliosa. La qual cosa era una sciocchezza. "Ci sono motivi molto peggiori per sposarsi."

"È vero, e io mi sono sposata proprio per quei

motivi." Gli occhi di Isabel si velarono di tristezza e Val capì che avrebbe rifiutato. "Non posso sposarvi. Sapete quanto tengo alla mia indipendenza. Vi ho rinunciato una volta e non lo rifarò, di sicuro non per la comodità della ginnastica da letto."

"Perché avevate sposato vostro marito?"

Isabelle rise, ma era una risata cupa e vuota. "L'ho sposato perché aveva la raccomandazione di mio padre e possedeva mezzi adeguati a prendersi cura di me. Inoltre, era gentile e istruito, cosa che io apprezzavo. Ma presto scoprii che era tutta finzione. Mio marito era un uomo solitario, di animo freddo. Mi aspettavo una casa e una famiglia, ma non ho avuto nessuna delle due. Alla sua morte, lui mi lasciò con una quantità di debiti che mi portarono quasi alla bancarotta – per cui non avevo una casa – e, naturalmente, non abbiamo avuto figli."

Val udì la sofferenza nella voce della donna e ricordò il modo in cui ella si era presa cura delle figlie di Barkley. Avvertì una stretta ai polmoni. "Io non sono fatto così."

"No, non riesco a immaginare che lo siate," mormorò lei, con un sorriso tinto di rammarico. "Ma mi state comunque proponendo un matrimonio di convenienza e io non posso accettarlo. Inoltre, voi avete bisogno di un erede ed è quasi certo che io non possa darvene uno. Di sicuro vorrete un figlio, soprattutto dopo quello che è accaduto con vostra moglie."

Lo sa. Come faceva a saperlo? Doveva averglielo detto Viola. Cos'altro le aveva rivelato sua sorella? Il dolore e la furia dovuti all'essere cornuto erano qualcosa che Val aveva dovuto imparare a sconfiggere. Non era diventato esattamente uno zimbello, ma aveva sentito le voci sussurrate e visto le occhiate compassionevoli. Ora, il fatto che Isabelle sapesse riportava in superficie quella sofferenza bruciante.

"Il figlio non era mio." Val riconobbe a malapena il suono della propria voce, da tanto era bassa e amareggiata.

Le labbra di Isabelle si schiusero. Quello non lo aveva saputo. "Oh, Val." Fece un passo verso di lui, ma Val non voleva la sua compassione. Avrebbe voluto che lei non *sapesse*.

Fece un passo indietro. "Credo che sia stato questo a farmi perdere la voglia di avere un figlio. E una moglie. Fate bene a rifiutare." Costrinse le sue spalle a rilassarsi, a dare una dimostrazione di sollievo. Non avrebbe forse dovuto essere sollevato? Non voleva sposarsi più di quanto lo volesse lei. Isabel aveva ragione: lui voleva semplicemente la comodità di copulare con l'amante migliore che avesse mai avuto.

Lei meritava di meglio.

"Aspettate qui. Vado a prendere Viola e trovo una vettura per entrambe." Val spostò il barile e lasciò il birrificio, chiudendosi la porta alle spalle.

La taverna era colma di risate e di allegria, ma nulla di tutto ciò penetrò il suo guscio di autocommiserazione. Non avrebbe mai dovuto permettere al rapporto con Isabelle di approfondirsi. Non erano giovani scapestrati. Sapevano come andavano le cose. *Lui* sapeva come andavano le cose.

Tutto ciò che aveva fatto era stato riaprire la ferita della perdita, della consapevolezza che non avrebbe mai trovato la felicità e che non era suo destino trovarla.

Il rumore era più intenso nella sala da biliardo, dove Viola era al centro di tutto. Aveva appena fatto un tiro che aveva suscitato una cacofonia di grida e di brindisi. Sebbene il suo sorriso fosse velato da una barba finta, Val l'avrebbe riconosciuto ovunque. Lo sguardo di sua sorella trovò il suo e il sorriso della giovane si spense.

Val l'aspettò vicino alla porta. Le ci vollero diversi minuti per districarsi dai festeggiamenti e raggiungerlo.

"Ottimo tempismo," disse a bassa voce Viola. "Ho appena vinto la partita."

"Tempismo o no, dobbiamo andare. Venite." Val girò sui tacchi senza verificare che lei lo stesse seguendo.

Mentre attraversavano la saletta privata, Viola lo afferrò per una manica e lo raggiunse. "Che succede?"

"Il signor Beaufort si sente male."

Viola spalancò gli occhi. "Oh, no. Non avevo idea che lei – *lui* – non reggesse l'alcol."

Si spostarono in cucina e Val attirò Viola nella dispensa. "Non sta male, dannazione. Il suo travestimento è… compromesso. Dovete andarvene."

Il sopracciglio di Viola si inarcò sotto l'orlo del cappello. "Compromesso?"

Val la guardò accigliato. "Isabelle era compromessa nel momento in cui l'hai portata qui. Non sa come assomigliare a un uomo o comportarsi come tale. Non è come te." Passò lo sguardo su sua sorella, che aveva trascorso gli ultimi due anni ad affinare le proprie capacità di impersonare un gentiluomo.

"Pensavo che sarebbe stato divertente," disse lei. "E poi, pensavo che voi due avreste dovuto trascorrere un po' di tempo insieme e, a quanto pare, avevo ragione. Siete stati lontani per un bel po'." Il suo sguardo conteneva una nota di rimprovero, come se la situazione attuale fosse in qualche modo colpa di Val.

"L'hai portata qui sperando che avremmo trascorso del tempo insieme? Perché diavolo ti impicci della mia vita?"

"Shhh!" Viola guardò alle sue spalle, verso la cucina. "Vuoi che qualcuno ti senta?"

"Non ignorare la domanda."

"Non mi sono impicciata. Ho facilitato." Viola sbuffò. "Lasciamo perdere. Evidentemente, ho commesso un errore. Andiamo." Lo oltrepassò ed entrò a grandi passi in cucina, quindi si fermò e si voltò. "Lei dov'è?"

"Nel birrificio."

Viola attraversò la cucina e aprì la porta del birrificio. Isabelle era in piedi poco dopo l'ingresso, di nuovo travestita, con l'eccezione della barba, che teneva in mano. Guardò Viola e le rivolse un sorriso fragile. "Temo di non riuscire a rimetterla."

"Non è necessario," disse Val. "Tanto ve ne andrete. Vi basterà tenere la testa bassa mentre usciamo e una volta all'esterno." Condusse le due donne dal birrificio in cucina e fuori dall'ingresso posteriore, che dava sul vicolo.

Girando attorno all'edificio, il gruppetto lasciò Haymarket e Val fermò subito una vettura pubblica. Guardò Viola. "Ordinerò al vetturino di portarvi subito a casa e di informarmi nel caso gli chiediate di effettuare deviazioni."

Sua sorella levò gli occhi al cielo. "Non è necessario fare il tiranno."

Val aprì la portiera, ma si trattenne dall'aiutare le due donne a salire, dato che ciò avrebbe dato un'impressione   incredibilmente...   sbagliata. Mentre la vettura si allontanava, pensò di andare a casa lui stesso.

Ma a casa c'era Barkley. Ancora per una notte.

Val tornò al Duca Malandrino, ma non aveva

voglia di parlare con nessuno. Mentre attraversava la cucina, una delle sue dipendenti lo avvicinò. "Vostra Grazia?"

Val si voltò, esalando stancamente il fiato. "Sì, Mary?"

"Ho trovato questa nel birrificio." La donna gli porse la fascia di mussola che aveva legato i seni di Isabelle.

"Grazie." Val prese la stoffa e la donna riverì prima di tornare al lavoro.

Val uscì dalla cucina e si avviò verso l'ufficio. Proprio quando aveva raggiunto la soglia, aprì invece la porta della stretta rampa di scale che conduceva alle stanze del piano di sopra. Lassù c'era l'alloggio di Doyle, nonché una camera da letto dove, un tempo, Val e Cole avevano dormito di tanto in tanto. Nei primi giorni del pub, quando avevano praticamente vissuto lì.

Val sfregò la mussola tra pollice e indice, immaginando di sentire ancora il tepore della pelle di Isabelle. Si portò la stoffa al naso e, chiudendo gli occhi, inalò a fondo. Gigli e Isabelle, il profumo più inebriante al mondo.

Si tolse la giacca e gli stivali e andò a sdraiarsi su una delle due brande. Guardò quella vuota e pensò a Cole, che presto si sarebbe sposato. Che era così profondamente innamorato da non vederci più. Il cui futuro brillava talmente tanto di promesse da essere accecante.

L'invidia strisciò nelle vene di Val. Lui non aveva mai provato un tale ottimismo, una tale felicità, e non li avrebbe mai provati.

Piegata la mussola, se la portò al petto mentre si sdraiava e chiudeva gli occhi. Forse non aveva un futuro, ma aveva il passato. E quella notte, il passato era diventato ancora più importante.

In quel momento, Val non riusciva a decidere se ciò lo rendesse felice o triste.

~

*E*ra impossibile evitare del tutto la vedova e Viola, ma negli ultimi due giorni, Isabelle aveva fatto del suo meglio. Quando non lavorava alla biblioteca, era comunque là per 'familiarizzare' con l'inventario. O così aveva detto al signor Dangerfield. Non che a lui dispiacesse averla lì.

Soggiornare presso la vedova era sempre stato piuttosto imbarazzante, ma dopo ciò che era capitato con Val lunedì sera al Duca Malandrino, era quasi insostenibile.

Ciò che era capitato?

Detto così, sembrava qualcosa che lei non era riuscita a controllare. La pioggia capitava. Versare il tè capitava. Incontrare un antico amante in casa sua mentre si lavorava come istitutrice capitava. Ma riaccendere quel rapporto, anche se solo per una notte, non era qualcosa che *capitava*. Era qualcosa che bisognava scegliere.

E Isabelle lo aveva scelto. Inoltre, proprio come in occasione della prima volta, non voleva saperne di pentirsene. Oh, avrebbe *dovuto* farlo, proprio come avrebbe dovuto farlo la prima volta, ma il pentimento non era mai stato il suo forte.

Il vento era freddo mentre Isabelle attraversava la piazza verso la casa della vedova. Un lacchè aprì la porta e lei entrò di fretta, tremando.

"Signora Cortland, c'è una lettera per voi," annunciò la vedova dalla biblioteca.

Isabelle diede mantello, cappello e guanti al lacchè e trasse un respiro profondo prima di andare ad affrontare la nonna di Val.

La vedova sedeva nella sua poltrona preferita accanto al caminetto, con una tazza di tè – ora quasi vuota – posata su un piattino accanto a lei. "È laggiù, sul tavolo. Volevo farla portare nella vostra stanza, ma sperava che sareste tornata per aprirla con me."

Isabelle si recò al tavolo e prese la lettera. Proveniva da Oxford. Il suo cuore accelerò i battiti mentre la apriva.

Il mittente era la signora Featherstone, direttrice di una delle scuole a cui lei aveva scritto. La Scuola della Signora Featherstone per lo Sviluppo delle Giovani Donne si trovava a Oxford. La donna aveva conosciuto i genitori di Isabelle e, se Isabelle non fosse stata istruita in casa, avrebbe frequentato quella scuola.

La signora Featherstone stava prendendo in considerazione l'idea di andare in pensione e invitava Isabelle a lavorare per lei con la prospettiva di assumere la direzione della scuola piuttosto presto, magari addirittura a gennaio. Era più di quanto Isabel avesse sperato. Era – o era stato – il suo sogno.

Non lo era forse ancora?

Pensò alla biblioteca circolante e a quanto essa fosse adatta a lei. Ma non fu quel pensiero a spingerla a esitare. La frustrazione la tormentava. Perché esitava? Quello era tutto ciò che lei aveva sempre voluto.

Ma non lo era. Sembrava che fosse Val tutto ciò che lei voleva.

E che non poteva avere.

"Buone notizie?" chiese la vedova, strappando Isabelle ai suoi pensieri deprimenti.

"Può darsi," rispose lei. "Potrebbe esserci un lavoro per me in una scuola femminile di Oxford."

"Splendido." La vedova sorseggiò il suo tè e rimise a posto la tazzina. "Volevo dirvi che potrei conoscere una famiglia che ha bisogno di un'istitutrice. Sono a Bath, ma non pensavo che la cosa vi sarebbe dispiaciuta, dato che non avevate mai vissuto a Londra in passato."

"No, non mi dispiacerebbe." Non aveva detto lei stessa che la distanza avrebbe risolto i loro problemi? Avrebbe voluto ridere della propria ingenuità. La distanza non avrebbe risolto la sua voglia di Val. Il tempo, di certo, non lo aveva fatto.

"Potrei organizzare per voi un viaggio a Bath, per conoscerli," propose la vedova.

Le possibilità erano due, ora. Due *occasioni* di crearsi un futuro. Due modi per fuggire da Val. Non che lui la stesse inseguendo. Aveva reso ben chiaro il suo sollievo all'idea di non doverla sposare.

Ma lei non voleva più essere un'istitutrice. "Vi ringrazio, Vostra Grazia, ma credo che preferirei cercare un lavoro diverso da quello di istitutrice."

La vedova inclinò la testa e il suo sguardo si ammorbidì. Era l'espressione più gentile che lei avesse mai visto sul suo viso. "A causa di lord Barkley, presumo. Vorrei poter dire che quello che è successo non si ripeterà, ma si sa cosa rischiano le istitutrici."

Isabelle *non* aveva pensato a quello, ma prima o poi lo avrebbe fatto. "A dire il vero, non è questo il motivo. Ho trovato difficile lasciare le signorine Spelman e dovrei rifarlo di nuovo." E di nuovo. E di nuovo.

"Capisco. Sicuramente potreste imparare a mantenere un minimo di distanza, considerato quello che ora sapete." Il tono della voce della vedova rese chiaro che lo considerava uno sforzo di scarsa entità. Probabilmente, avrebbe trovato la preferenza di Isabelle per il contrario un segno di debolezza.

"In ogni caso, credo che preferirei comunque non tornare a essere un'istitutrice. Per via di lord Barkley." Se quello era il ragionamento che la vedova poteva accettare, Isabelle avrebbe basato su quello le sue obiezioni.

La vedova annuì. "Capisco." Fece per alzarsi, ma poi tornò a sedersi. "Questo freddo mi ha irrigidito terribilmente le gambe."

Isabelle corse ad aiutarla. "Volete salire?"

"Sì, devo scegliere l'abito per questa sera. Porterò Sua Grazia da Almack's. *Finalmente.*" La vedova pronunciò l'ultima parola con una nota di trionfo.

Isabelle cercò di non abbandonarsi alla sconfitta.

"Quando avrete la certezza della vostra posizione presso quella scuola femminile?" chiese la vedova. "Se volete recarvi a Oxford, sono felice di organizzare il viaggio. Potreste partire anche domani."

Era possibile che la vedova stesse semplicemente usandole gentilezza, ma Isabelle notò la nota ansiosa nella voce dell'anziana. Isabelle aveva sempre saputo che il suo soggiorno in quella casa sarebbe stato temporaneo e decise che, probabilmente, era giunto il momento di andarsene.

"Mi piacerebbe, grazie."

"Lo farò subito." La vedova uscì, l'andatura più rigida del normale a causa delle giunture doloranti.

Isabelle girò attorno al tavolo e prese in mano la lettera. Quando fece per uscire dalla biblioteca, per poco non andò a sbattere contro Viola, che entrò di corsa col blocco per gli appunti in mano e una matita infilata nei capelli.

"La nonna dice che domani andrai a Oxford per una posizione di insegnante. È vero?" Viola sembrava meno entusiasta della vedova; la sua espressione avrebbe potuto addirittura essere definita leggermente turbata.

"Sì." Isabelle mostrò la lettera. "Ho ricevuto un invito da parte di una delle scuole a cui avevo scritto. "

"È... magni–" Viola serrò le labbra. "No, è terribile."

Isabelle rimase di stucco. "Davvero?"

"Beh, sì! Io, ehm, ho bisogno di te." Viola si portò una mano al fianco. "Non avevo mai avuto uno chaperon che mi piacesse, prima d'ora."

Isabelle era scettica. "L'avevi mai avuto, uno chaperon?"

"No, ma questo non smentisce la mia affermazione."

Isabelle non riuscì a resistere al sorriso che le spuntò sulle labbra. "Ti sono molto grata, ma non sono uno chaperon. Non ti accompagno a nessun evento, né vorrei mai farlo. Non saprei come comportarmi a una festa o, peggio ancora, a un ballo."

"Perché no?" Viola sembrava sinceramente interessata.

"Tanto per cominciare, io non ballo."

"In quanto mio chaperon, non sarebbe necessario che tu ballassi. E poi, anch'io ballo di rado." Viola tolse la mano dal fianco e fece un gesto netto a mezz'aria. "Lo faccio solo quando Val o uno dei suoi amici me lo chiede, perché sta cercando di evitare di ballare con altre. Se venissi con me, saresti la mia alleata, la mia confidente. Beh, assieme alle mie amiche."

Isabelle immaginava che quelle amiche dovessero essere sorelle o figlie di duchi. Il suo rango sarebbe stato spaventosamente inferiore al loro. "Se stai cercando di convincermi, temo che tu non ci stia riuscendo. E per favore, non credere che io non apprezzi la tua gentilezza, ma preferisco di molto i libri e lo studio alle feste e alla vita sociale."

"Oh, non è una questione di gentilezza," disse Viola. "È una questione di egoismo. Le mie amiche ti piacerebbe moltissimo. Anche loro amano i libri e lo studio. Tu e Felicity andreste molto d'accordo, credo. E ora che anche Diana si è unita a noi, sono sicura che tu e lei diventereste subito complici."

"Stai cercando di combinare qualcosa?"

Viola sollevò di scatto la testa, gli occhi azzurro cielo spalancati. "Assolutamente no." La sua reazione fu al tempo stesso rapida e intensa.

"Parlavo di amicizie," precisò Isabelle, anche se ora, un altro pensiero aveva cominciato a mettere radici...

"Oh, beh, sì. Non ho nemmeno incominciato a parlarti di Priscilla. Lei potrebbe essere la tua preferita."

Isabelle rifletté sul comportamento di Viola, quel giorno come il lunedì in cui avevano lasciato il Duca Malandrino. Nella vettura, la sua amica le aveva chiesto se lei stesse davvero male. Preferendo evitare completamente la conversazione, soprattutto le parti riguardanti Val, lei aveva detto di sì. Ciononostante, Viola le aveva chiesto se Val si era presa cura di lei, dato che erano stati lontani così a lungo. Isabelle aveva risposto con un vago "Più o meno". Quindi, aveva appoggiato la testa alla parete della carrozza e aveva chiuso gli occhi, concludendo di fatto l'interrogatorio.

Col senno di poi, Isabelle non poteva fare a meno di chiedersi se Viola avesse organizzato tutto... beh, non proprio *tutto*, naturalmente. La giovane sapeva che Isabelle e Val avevano un qualche rapporto intimo. Tanto lei quanto Val erano stati sufficientemente imprudenti nelle loro azioni nelle loro parole.

"Viola, stai cercando *davvero* di combinare qualcosa?"

Una sorpresa palesemente simulata fu presto seguita dalla rassegnazione e, poi, da una vera e propria confessione. "Sì. Qualcuno deve pur farlo. È evidente che tu e Val non vi troverete mai, altrimenti."

Ma lo avevano fatto. Due volte. Quantomeno temporaneamente. "Non c'è futuro per me e Val. Lui è un duca. Io sono – al momento, se non altro – una bibliotecaria."

Viola agitò una mano. "Bah. Tu lo ami?"

Isabelle lo amava? Non era una domanda, perlomeno non nella sua mente. Ma certo che lo amava. Lo aveva amato da ragazzina ingenua dieci anni prima, lo aveva amato quando non aveva avuto nient'altro da amare e lo amava ora: non per via di ciò che lui era stato o di come era nei suoi ricordi, ma per via di come era ora. Un uomo benevolo nei confronti degli altri, che li incoraggiava a seguire la loro vera vocazione. Quando le aveva detto del perché lui e Colehaven avessero fondato il Duca Malandrino, lei era rimasta commossa dai loro ideali di uguaglianza, che avevano posseduto già a Oxford e che avevano palesemente mantenuto anche dopo aver indossato e portato a lungo il manto di duca.

Ma il suo amore per Val non aveva importanza. Lui non la amava ed era duca. La maggior parte dell'alta società non condivideva i suoi ideali e se la sarebbe mangiata – lei, una bibliotecaria figlia di un insegnante e nipote di un vicario di campagna – viva.

Viola esalò il fiato. "Come non detto. Vedo che lo ami, anche se non te ne rendi conto. Dev'essere stata una storia d'amore fulminea. Vi siete conosciuti, quando? Due settimane fa?"

Per qualche motivo, la verità si riversò fuori dalla bocca di Isabelle. Che senso aveva tenere il segreto con viola? "Ci siamo conosciuti a Oxford."

"Stai scherzando." Viola rimase a bocca aperta, quindi parve capire e annuì lentamente. "Certo che no. Continua. Per favore."

"Val – Sua Grazia – e io continuavamo a imbatterci l'uno nell'altra in città."

"Conoscendo mio fratello, non c'era nulla di casuale in quegli incontri," disse sarcastica Viola.

Isabelle sorrise. "No, non ce n'era. Era molto tenace. A ogni modo, è così che io e lui ci siamo conosciuti."

Viola si spostò al tavolo, dove posò il blocco per gli appunti e si appollaiò sul bordo, in una postura che avrebbe fatto inorridire sua nonna. "Perché non ti ha sposata allora?"

"Perché non voleva?" Isabelle si produsse in una risata nervosa. Lei e Val non avevano parlato di matrimonio… perlomeno, non tra di loro. Isabelle gli aveva detto che suo padre aveva un corteggiatore in mente per lei: l'uomo che alla fine era diventato suo marito. Val le aveva detto che sua nonna aveva un elenco di giovani donne che lui avrebbe dovuto pensare di corteggiare, anche se lui aveva messo in chiaro di non volersi sposare ancora per diversi anni. Nulla di tutto ciò l'aveva incoraggiata a pensare che Val potesse sposarla, e perché mai avrebbe dovuto?

"Non credo che ciò sia vero. Credo che mio fratello sia semplicemente stupido," disse Viola, incrociando le braccia.

"Non importa, dato che non possiamo sposarci. Come ho già detto, lui è duca e io sono una bibliotecaria."

"E io ti ho detto che non importa. Oppure, se non l'ho fatto esplicitamente, era questo che intendevo. Lascia che te lo dica ora: non c'è nulla di magico nell'essere una duchessa. Tu sei intelligente, aggraziata, e piaci a mia nonna. Sei già molto al di sopra della maggior parte delle duchesse."

"Ma io non voglio essere duchessa." Ecco, l'aveva detto. Era terrorizzata al pensiero di trovarsi al centro dell'interesse e dei pettegolezzi della società.

"Anche se avessi Val al tuo fianco?" La voce di Viola era così piena di speranza, il suo sguardo così carico di aspettativa, che Isabelle avrebbe potuto quasi essere travolta dal suo entusiasmo. Quasi.

"Nemmeno con Val al mio fianco." Un dolore mise radici nel petto di Isabelle e cominciò a espandersi. "Devo prepararmi per il mio viaggio."

"Parti comunque?"

"Certo. Anche ora che tu conosci la verità, Viola, non è cambiato nulla." *Parte* della verità. La verità completa sarebbe rimasta sepolta nel profondo di Isabelle, dove lei l'avrebbe tenuta al sicuro e ne avrebbe fatto tesoro per i giorni a venire. "Ho ancora bisogno di un lavoro e tua nonna è stata così gentile da aiutarmi in questo momento di bisogno. Ha già organizzato il mio viaggio e io non intendo mancarle di rispetto cambiando idea."

Viola emise un suono poco elegante con le labbra. "D'accordo. Ma lascia che ti dica che non penso che mia nonna si sentirebbe offesa se sapesse che tu e Val vi amate. Vorrebbe che voi vi sposaste. Vuole *disperatamente* che lui si risposi."

Disperatamente al punto da essere disposta ad accontentarsi di Isabelle come nuora? Lei non sapeva davvero cosa pensare al riguardo e, per fortuna, ciò non aveva importanza, dato che quel fatto non si sarebbe verificato mai.

Isabelle evocò un sorriso per Viola, dispiaciuta

perché la loro amicizia era finita quando era a malapena cominciata. "Grazie per il sostegno."

"Lo avrai sempre." Il tono di voce e lo sguardo
della giovane erano al contempo calorosi e de-
terminati.

Isabelle si voltò e se ne andò prima che il dolore
che aveva nel petto potesse inghiottirla.

CAPITOLO 14

Viola osservò Val dalla testa ai piedi. "Che splendore."

Val guardò perplesso sua sorella, che si trovava al centro dell'ingresso di casa sua. Prese atto del mantello pesante che indossava e degli stivali che facevano capolino dall'orlo. Viola non era vestita per andare da Almack's, ma del resto, lei non andava mai da Almack's. "Perché la nonna non ti costringe mai ad andare da Almack's come fa con me?"

"Perché io non sto cercando marito."

Val si inoltrò nell'atrio. "E perché no? Perché tu non devi partecipare al Mercato dei Matrimoni e io sì? A differenza di te, io ho sperimentato il maledetto vincolo del matrimonio."

"Sai perché non mi sono sposata," mormorò Viola.

Sì, Val lo sapeva. "Cosa ci fai qui?"

"Sono venuta a dirti che Isabelle partirà per Oxford domani mattina. Ha trovato lavoro presso una scuola."

I muscoli di Val si contrassero mentre il suo cuore cominciava a martellare. Si sforzò di mantenere l'equilibrio mentale. "Buon per lei."

"Tutto qui? Non hai altro da dire?" Viola gemette e levò gli occhi al cielo. "Sei il più deficiente..." borbottò.

"Cosa dovrei dire?"

Viola sollevò le mani verso il cielo. "Oh, non lo so. Che la ami? Che non puoi vivere senza di lei? Forse ho frainteso la situazione. Prima lei non ammette di amarti e insiste di non poter essere duchessa, e ora tu ti comporti come se lei fosse una persona come tante invece della donna che ti ha rubato il cuore dieci anni fa."

Val la guardò a bocca aperta. "Che cosa?"

"Mi ha detto tutto di Oxford. Beh, forse non *tutto*, ma io non sono stupida come *certa gente*." Viola lo guardò di sbieco. "E così, anche tu vuoi fingere di non amarla?"

Fingere. Sì, era esattamente ciò che Val aveva fatto per un decennio. Aveva finto che la loro notte insieme fosse qualcosa che si potesse chiudere in uno stanzino, che l'amore che aveva provato per lei potesse essere ignorato. L'amore che ancora provava per lei.

"No."

Viola lo fissò, spalancando gli occhi fino a un diametro impossibile e rimanendo a bocca aperta. "Non mi contraddici?"

"A quanto pare, no."

Viola serrò di scatto la bocca e, finalmente, sbatté le palpebre. "Onestamente, non so come reagire. Potrei aver bisogno dei sali."

"Se può farti tacere, ti ci sommergerò." Val parlò in quel modo perché lei se l'aspettava. Al momento, avrebbe piuttosto voluto baciarla per la gratitudine. "Isabelle non vuole essere duchessa?"

"Tu vuoi farla diventare tale?"

"Credo di sì." Glielo aveva già chiesto al Duca

Malandrino, ma allora si era trattato più che altro di una reazione spontanea. Ora lui aveva riflettuto. Voleva sposarla.

Le sue viscere spiccarono un salto mortale. L'ultima volta, aveva rovinato tutto. Non aveva scelto Louisa. Nulla di tutto ciò che era accaduto era stato colpa di sua moglie.

"Credi?" Viola fece un passo verso di lui, aggrottando la fronte. "So che hai paura, ma Isabelle non è Louisa."

"Louisa meritava molto di meglio," mormorò Val, tenendo la voce bassa. "Tutto ciò che voleva era che io la amassi. Io ci ho provato, davvero. Ma il mio cuore apparteneva già a un'altra."

"A Isabelle."

Val annuì. "Louisa ha fatto ciò che avrebbe fatto chiunque vedendosi respinto."

"Mi verrebbe da dire che non tutti farebbero quello che ha fatto lei, ma questo non ha più importanza. Louisa non c'è più e il passato non si può cambiare. Ma il presente si può controllare." Viola si levò un pelucco dal colletto. "La nonna ha portato Isabelle da Almack's."

"Cosa?" La parola uscì dalla bocca di Val come un'esplosione.

Viola ridacchiò, gli occhi brillanti di ilarità. "Sconvolgente, vero? Quando ho spiegato alla nonna che tu avresti trovato la tua duchessa *questa sera* se lei avesse portato Isabelle con sé, la nonna ha capito subito. Ha dovuto muoversi in fretta per ottenere un voucher, ma sai quanto le madrine la adorino. Se le madrine avessero una madrina, quella sarebbe la nonna."

Mai affermazione più vera era stata fatta.

"Onestamente, la parte più difficile è stata convincere Isabella ad andare. Anzi, temo proprio che potrebbe cambiare idea. Sono dovuta venire qua prima che partissero."

Val riusciva a immaginare che Isabelle non volesse andare da Almack's, soprattutto perché nemmeno lui aveva mai voluto andarci. Fino a quel momento. All'improvviso, Almack's era l'unico posto in cui voleva essere… purché ci fosse anche Isabelle. "Credi che sia andata?"

Viola fece spallucce. "C'è un solo modo per scoprirlo. Tu vai lì e io vado a casa. Se lei non è da Almack's, saprai dove trovarla."

Val si chinò a baciare sua sorella sulla guancia. "Grazie. Sono in debito con te."

"Sì, ma ti prego di non ripagarmi con la stessa moneta." Viola rabbrividì in preda al disgusto. "Non voglio che tu mi trovi marito."

"La vita potrebbe sorprenderti, sorella mia." Lui ammiccò, quindi si incamminò verso la porta, dove il lacchè gli consegnò guanti e cappello.

Val corse alla carrozza che lo attendeva e ordinò al cocchiere di fare il più velocemente possibile. Non era mai stato così ansioso di arrivare da Almack's.

~

*M*entre Isabel entrava nella santissima sala da ballo di Almack's, si chiese come diamine avesse potuto permettere alla duchessa vedova di convincerla a venire. La risposta, naturalmente, era semplice: l'anziana era la duchessa vedova di Eastleigh e nessuno poteva dire di no alla duchessa vedova di Eastleigh.

Ma ora che Isabelle si trovava sotto i lampadari scintillanti e in mezzo ai membri più altolocati del *ton*, cominciava a pentirsi della sua decisione.

Lanciò un'occhiata alla vedova, la cui espressione poteva essere descritta solo come 'piacevole superbia'. Le piume di struzzo sul cappello dell'anziana aumentavano la sua altezza, rendendo la sua presenza ancora più imponente di quanto già non fosse. Erano appena arrivate, ma tutti stavano già guardando nella loro direzione e mormorando mentre lanciavano occhiate – alcune furtive e altre apertamente curiose – nella direzione di Isabelle.

Fortemente imbarazzata, lei si passò una mano su un lato della testa, dove i capelli erano stati acconciati in uno stile assurdamente complesso, con perle e una fascia che ostentava a sua volta una piuma di struzzo viola. Quindi, Isabelle si passò la mano guantata sul fianco, lisciando il profilo del suo abito azzurro sassone. L'indumento apparteneva a Viola, ma lei non lo aveva mai indossato e la cameriera personale della vedova aveva fatto un miracolo nell'adattarlo per Isabelle, con l'aggiunta di una balza viola sull'orlo, dato che lei era leggermente più alta di Viola.

Trovare le scarpe si era rivelata la sfida più impegnativa e aveva richiesto l'invio di diversi lacchè presso innumerevoli ciabattini, dai quali i servitori erano tornati con una varietà di calzature; la vedova le aveva scartate tutte, tranne il paio che ora ornava i piedi di Isabelle. E che le faceva dolere le dita, perché era leggermente troppo stretto.

"Venite a conoscere le madrine, cara." La vedova condusse Isabelle lungo un lato della sala da ballo e fino all'estremità opposta, dove diverse donne sembravano tener corte da un gruppo di divani posti su una piattaforma.

Isabelle fece la riverenza in cui si era esercitata fin troppe volte con Viola. Il minimo che la sorella di Val avrebbe potuto fare sarebbe stato venire con loro, ma non aveva un voucher e non aveva voluto permettere che sua nonna ne ottenesse uno per lei. C'era un motivo importante per cui Viola evitava certi aspetti della vita sociale, ma sebbene la giovane donna fosse felice di impicciarsi negli affari altrui, non rivelava i suoi segreti.

E, contro il suo stesso buonsenso, Isabelle le aveva permesso di impicciarsi.

Dopo che lei si era ritirata nella sua stanza in seguito alla discussione avuta con Viola quel pomeriggio, Viola e la vedova erano venute a trovarla. La vedova era stata molto chiara: se Isabelle voleva Val, doveva dimostrare di poter essere una duchessa, e questo significava andare da Almack's e sapersi difendere in mezzo ai membri più esclusivi dell'alta società.

Tutto ciò, naturalmente, non era servito a convincere Isabelle, il che era la ragione per cui la vedova aveva proseguito dicendole semplicemente che lei sarebbe venuta. Quando Isabel aveva chiesto il perché, l'anziana aveva risposto: "Perché se mio nipote è innamorato di voi, come sostiene mia nipote, voi dovete dargli l'occasione di ammettere la propria stupidità per non aver fatto di voi la sua duchessa tempo fa."

Di fronte a una logica del genere, come avrebbe potuto Isabelle rifiutare?

Dopo che lei ebbe salutato le madrine, si spostarono verso un divano vicino, lungo uno dei lati lunghi della sala. "Mi siedo," disse la vedova.

"Devo sedermi anch'io?" Isabelle ci sperava. Si sentiva molto vulnerabile a stare lì in piedi. Si rese conto che, probabilmente, si sarebbe sentita altrettanto vulnerabile anche se si fosse nascosta in un angolo per tutta la sera.

"Non prima di aver ballato; ma sebbene le madrine vi abbiano dato il permesso di ballare il valzer, se fossi in voi io starei attenta a ballarlo con la persona giusta."

Il cuore di Isabelle cominciò a martellare e il suo collo si velò di sudore. Tra un aggiustamento all'abito e l'altro, aveva ripassato le basi del ballo con Viola, ma ora che era lì, con l'orchestra che suonava e i ballerini che si muovevano in splendida armonia per la sala da ballo, si sentiva sul punto di avere il voltastomaco. Aveva partecipato a un paio di eventi sociali, ma ciò era accaduto anni prima e non da Almack's.

All'improvviso, il rumore all'interno della stanza diminuì, i danzatori divennero una massa sfocata, il cuore di Isabelle rallentò i battiti. Lui stava venendo verso di lei. Vestito con un'elegante giacca nera, un gilet di un verde intenso e col fazzoletto da collo più bianco e dal nodo più intricato che Isabelle avesse mai visto. Era un'apparizione, un sogno evocato dalla mente della lei ventenne.

I sogni si inchinavano?

Certo che sì.

Val si inchinò con eleganza, quindi si raddrizzò in tutta la sua altezza. Quel gesto parve rimettere in moto tutto ciò che la circondava – i rumori, le visioni – assieme al suo senso di inquietudine. Il suo cuore accelerò nuovamente il ritmo, la cui cacofonia riecheggiava nelle sue stesse orecchie.

Val si rivolse alla vedova e inclinò la testa. "Buonasera, nonna."

La vedova guardò il nipote con aria di approvazione. "Buonasera, Eastleigh."

L'uomo riportò la propria attenzione su Isabelle. Per quanto la riguardava, tutto il suo essere fremeva alla vista di lui. Non aveva bisogno di guardarsi attorno per vedere se qualcuno stesse vedendo ciò che vedeva lei: lo stavano facendo tutti. Fissavano il duca a bocca aperta, senza ritegno, e tutto ciò che le riuscì di pensare era che doveva essere incredibilmente imbarazzante. E tuttavia, Val sembrava accorgersene a malapena. Invero, sembrava avere attenzione solo per una cosa: lei.

"Sarei onorato se mi concedeste il prossimo ballo," disse l'uomo. "Che ne dite?"

Isabelle avrebbe voluto avvisarlo che i suoi piedi avrebbero potuto non sopravvivere all'esperienza, ma dalla bocca le uscì una singola parola soffocata: "Sì."

Val le offrì il braccio e lei gli avvolse la mano attorno alla manica. Sebbene lo avesse toccato molte volte e in modi molto più intimi rispetto a quello, in esso c'era qualcosa di diverso. Erano in mostra agli occhi del mondo intero. Erano usciti dalle ombre per porsi sotto a una luce accecante. Era impossibile, ora, tornare indietro.

Isabelle guardò Val e lo sguardo che lui le rivolse in risposta le disse che anche lui sapeva.

"Passeggeremo per qualche istante mentre questo ballo finisce," disse l'uomo. "Posso dire che siete bellissima?"

"Grazie. Anche voi lo siete. In maniera virile, intendo." Per essere una donna istruita, Isabelle stava faticando parecchio a trovare le parole, quella sera.

"Grazie. Mi pare di capire che andrete a Oxford, domani."

Dovevano proprio parlarne lì? Isabelle si guardò attorno. Nessuno poteva sentirli al di sopra della musica e delle conversazioni, anche se li stavano fissando.

"Sì. La signora Featherstone mi ha invitata. Sta pensando di andare in pensione. È possibile che, tra un anno, io diventi direttrice di una scuola mia." Isabelle guardò Val di sbieco, in attesa della sua reazione.

"È proprio ciò che volevate." L'uomo non suonava nemmeno lontanamente entusiasta quanto avrebbe dovuto, ma d'altro canto, lei stessa non lo era.

"Sì."

La musica finì e Val si fermò, voltandosi verso di lei. "Siete pronta a ballare?"

"No, ma tenterò. Attento ai piedi."

Le labbra di Val si allargarono in un sorriso che fece spiccare un balzo al cuore di Isabelle. "Fate del vostro peggio."

L'uomo la accompagnò sulla pista da ballo. "È un valzer. Conoscete i passi?"

"A malapena." Viola le aveva dato una rapida infarinatura, ma Isabelle non aveva mai visto ballare quel ballo, né tantomeno lo aveva ballato lei stessa.

"Probabilmente, un valzer vi darà più occasioni di distruggermi i piedi, ma sarò anche in grado di condurvi con maggior cura che non in una contraddanza. Pronta?" L'uomo le afferrò delicatamente la vita su entrambi i lati mentre lei gli appoggiava le mani sulle spalle. Era un ballo paurosamente intimo, che avrebbe dovuto essere stemperato mantenendo una certa distanza tra chi lo ballava. Tuttavia, Isabelle era fin troppo consapevole del tocco di Val e di dove esso avrebbe potuto portare, se loro due non fossero stati nel bel mezzo del luogo di ritrovo più popolare tra l'alta società londinese.

Perché, perché aveva accettato?

Quella musica cominciò e Val la trascinò in eleganti cerchi. La luce scintillava attorno a lei e la musica vibrava attraverso il suo corpo. All'improvviso, Isabelle fu molto felice di essere venuta.

Si immerse nell'allegria e nello splendore che li circondavano, ridendo mentre pestava il piede di Val per la terza volta. In risposta, lui sorrise; sembrava divertirsi a sua volta. Poi Isabelle cominciò ad avvertire un giramento di testa e, ridendo, chiese se potessero rallentare.

"Seguirò qualunque velocità voi stabiliate." Val la allontanò dalle altre coppie piroettanti, in modo che loro due potessero volteggiare a un ritmo più tranquillo. Quando la musica si fermò, Isabelle scoprì di non riuscire a smettere di sorridere.

"Vi è piaciuto," disse l'uomo, gli occhi verdi che scintillavano sotto la luce dei lampadari.

"Più di quanto avessi mai immaginato." Qualunque cosa sarebbe accaduta, lei non aveva rimpianti. Quella sera, aveva ballato tra le braccia dell'unico uomo che avesse mai amato e nulla, per tutto il resto dei suoi giorni, sarebbe stato pari a quell'esperienza.

Val le offrì il braccio ancora una volta e lei lo prese, dispiaciuta che il ballo si fosse concluso. "Ora me ne andrò, ma domani verrò a trovarvi."

La realtà lacerò il velo del sogno di Isabelle. "Domani io andrò a Oxford."

L'uomo la guardò mentre si incamminavano per raggiungere la vedova. "Comunque?" Sembrava un po'… sorpreso?

Isabelle non aveva pensato di non andare. Voleva forse dire…? Non aveva idea di cosa volesse dire, né poteva chiedere a Val di spiegarsi nel bel mezzo di Almack's, a una dozzina di passi dalla nonna di lui.

"Credo di sì," disse, sentendosi completamente confusa. Cosa stava succedendo?

Erano arrivati al divano della vedova. Val le prese la mano e ne baciò il dorso. "Verrò a trovarvi domani. Presto."

L'uomo augurò la buona notte a sua nonna e se ne andò, dividendo la folla che lo fissava.

"Ora potete sedervi," disse la vedova, indicando

lo spazio accanto a sé. Un'altra donna sedeva all'altra estremità del divano, ma stava parlando con una persona seduta sul divano adiacente.

Isabelle si abbassò lentamente accanto alla vedova e permise al sogno di avvilupparla ancora una volta mentre perdeva di vista la schiena di Val in allontanamento.

La vedova si inclinò verso di lei. "So che non comprendete l'alta società, per cui permettetemi di spiegarvi ciò che è appena accaduto. Il duca di Eastleigh è un uomo celibe in cerca di una moglie. È venuto da Almack's, *il* Mercato dei Matrimoni di Londra, un luogo che non frequenta mai, e ha ballato il valzer con una donna sola: *voi*. Quindi, se n'è andato. Non ha parlato con nessuno e ha rivolto a malapena la parola a me."

Il cuore di Isabelle non pareva capace di tornare a battere a un ritmo normale da quando era arrivata. "Capisco." Non era del tutto vero, ma lei non voleva far irritare la vedova.

"Nessuno vi chiederà di ballare ancora, perché sembra evidente che Eastleigh vi vuole per sé e perché sedete con me. Io spavento certe persone… di solito, gli imbecilli. La gente, e non solo gli imbecilli, in questo momento si sta chiedendo se voi diventerete la prossima duchessa di Eastleigh. È anche possibile che qualche idiota stia facendo delle scommesse."

Una visita ad Almack's, un ballo, e Isabelle era esattamente dove non avrebbe mai voluto essere: al centro dei pettegolezzi dell'alta società. Si mosse a disagio. "State dicendo che ci si aspetta che io lo sposi. Ma lui non me la nemmeno chiesto." Se non che l'aveva fatto e lei aveva rifiutato. E l'indomani sarebbe venuto a trovarla.

Oh, era terribilmente stupida. Val le avrebbe chiesto di nuovo di sposarlo. Inoltre, l'uomo aveva reso note le proprie intenzioni in maniera piuttosto palese a chiunque avesse un minimo di conoscenza ed esperienza in più di Isabelle. Ossia un'intera sala da ballo che ospitava quasi mille persone.

Isabelle era stata nuovamente messa all'angolo. La libertà per lei tanto preziosa era a rischio. E questa volta, scoprì che... non gliene importava. Soprattutto, non aveva particolarmente voglia di essere indipendente, se ciò significava non essere con Val.

Lanciò alla vedova un'occhiata insospettita, pensando che lei e Viola erano forse due tra le persone più calcolatrici che avesse mai incontrato. "Mi avete portata qui in modo da farmi pensare di non poter rifiutare?"

Gli occhi della vedova brillavano di rabbia. "Voi amate mio nipote?" L'anziana parlò con voce bassa, ma l'urgenza nel suo tono di voce era inconfondibile. "Non tergiversate."

La gioia gorgogliò nel petto di Isabelle, che cercò fortemente di non sorridere alla vedova, la quale l'avrebbe certamente trovato volgare. "Sì."

"In tal caso, nulla di tutto ciò ha importanza. Domani, mio nipote chiederà la vostra mano, voi accetterete e questo è quanto." L'anziana trasse un respiro profondo e riordinò i propri lineamenti in una maschera di serenità. "Ora divertitevi, cara. Bevete un bicchiere di punch, anche se è tristemente insipido. Chissà perché non lo aggiustano."

Rimasero ancora per due ore, durante le quali molte persone vennero a farsi presentare a Isabelle. La loro curiosità era evidente, così come lo era una corrente sotterranea di invidia da parte di alcune delle donne, soprattutto alcune madri il cui obiettivo principale era dare in sposa la figlia o le figlie. O così aveva spiegato la vedova. Fu una serata stordente e non per via del valzer. Isabelle non poteva certo sperare di ricordare tutti i nomi, gli aneddoti o le sciocche regole che aveva imparato. E tuttavia, avrebbe tentato.

Dopotutto, da ciò dipendeva il suo futuro.

CAPITOLO 15

Dopo aver cercato di distrarsi al Duca Malandrino, prima con la birra, poi col biliardo e poi giocando a carte nella saletta privata, Val rinunciò alla serata e andò a casa. La villa era silenziosa, ora che Barkley e la sua famiglia non c'erano più, ma per la prima volta, gli dava una sensazione di… solitudine.

Era uscito dalla taverna perché ogni angolo di essa gli ricordava ora Isabelle. E ora, a quanto pareva, non poteva nemmeno rilassarsi in casa sua, perché lei l'infestava.

Sarà sempre con te, imbecille.

Val si era spogliato in maniche di camicia e raccolse la fascia di mussola che aveva infilato sotto il cuscino nelle ultime due notti, come un ragazzino innamorato. Chiudendo gli occhi, inalò il profumo di Isabelle, pregando che molto presto lei sarebbe stata con lui di persona.

E se avesse rifiutato di nuovo? Un conto era ammettere che lui l'amava disperatamente, che l'aveva sempre amata; ma, e se lei non avesse ricambiato?

Come farai a saperlo se non glielo dici, imbecille?

Val aprì gli occhi e si acciglò. "Smettila."

"Con chi state parlando, Vostra Grazia?" Il suo valletto, Ross, era entrato in silenzio nella stanza e aveva raccolto la giacca e il gilet da lui abbandonati.

"Con nessuno."

Inclinando la testa, Ross chiese se Val avesse bisogno di qualcosa prima di andare a letto.

"No, grazie, Ross."

Un bussare alla porta della stanza fece voltare la testa a entrambi. Ross andò ad aprire, quindi si voltò verso Val. "Avete visite."

"A quest'ora?"

"Così pare," disse Ross, senza mostrare emozione. "È... una signora."

Val corse subito alla porta, spalancandola per rivelare il suo maggiordomo. "Chi è, Sadler?"

"La signora Cortland, Vostra Grazia."

Oltrepassando a spintoni entrambi i servitori, Val si incamminò verso le scale. Era successo qualcosa? Il sangue gli si ghiacciò nelle vene.

"È in biblioteca," esclamò Sadler alle sue spalle.

Val scese le scale, le calze di seta che scivolavano sul marmo in fondo a esse mentre correva verso la biblioteca. La porta era aperta e, quando lui entrò di corsa, lei si voltò di scatto dal caminetto, dove si stava scaldando le mani davanti al fuoco.

"Fa piuttosto freddo, questa sera," disse Isabelle.

Val la raggiunse in fretta e furia, percorrendola con lo sguardo in cerca di ferite. "Va tutto bene?"

Isabelle lo guardò, gli occhi illuminati da... qualcosa. "Benissimo."

"Voi non dovreste essere qui. È altamente–"

"Scandaloso, sì. Ma se i miei sospetti sono fondati, ciò non avrà importanza." La donna fece spallucce. "E anche se lo fossero, non ha importanza."

Si raddrizzò e lo guardò negli occhi. "Sono venuta a dirvi che vi amo."

La gioia dispiegò le ali nel suo petto, ma venne arrestata da un velo di… disappunto? "Avrei voluto dirlo io per primo."

Per un istante, Isabelle spalancò gli occhi; quindi, si coprì la bocca per soffocare una breve risata. "Chiedo scusa?"

"Io vi amo Isabelle. Vi ho sempre amata, anche quando avrei dovuto rinunciare a voi." Val sussultò, quindi distolse l'attenzione da lei, guardando nelle fiamme del caminetto mentre si passava una mano tra i capelli.

Isabelle gli toccò la manica. "Che significa?"

Val le prese la mano e se la portò alla bocca, baciandone il dorso, il palmo, il polso. Poi, la guardò nuovamente. "Sono stato un marito terribile per la mia prima moglie. Viola vi ha raccontato di lei, ma credo che Louisa stesse solo cercando di attirare la mia attenzione. Tutto ciò che voleva era che io la amassi, ma io non potevo."

Lei gli posò una mano sul viso. "Mio caro, sono sicura che ci abbiate provato. Anch'io ho provato ad amare mio marito, ma lui se ne è disinteressato. Non si può sapere come sarebbero potute andare le cose. Possiamo solo accettarle per com'erano e per come sono. Vi prego di accettare il fatto che io vi amo più di ogni altra cosa."

Le parole di Isabelle fecero sì che l'anima di Val spiccasse il volo. "Più della vostra indipendenza?"

"Sono certa che voi mi concederete un'indipendenza della quale la maggior parte delle duchesse non gode."

"Voi mi conoscete molto bene. E la vostra professione? Voi amate l'insegnamento."

"A dire il vero, ho scoperto che preferisco essere una bibliotecaria. Sarebbe scandaloso se aprissi una biblioteca circolante?"

"Non posso dire che me ne importi qualcosa." Val cominciò a rimuovere le forcine che tenevano ferma la fascia per capelli di Isabelle. "E poi, venendo qui questa sera, avete stabilito un livello di scandalo al quale una biblioteca circolante non può nemmeno avvicinarsi."

Isabelle rise di nuovo, un suono basso e meraviglioso che colmò Val di amore, speranza e gioia. E desiderio.

Si immobilizzò. "Mia nonna sa che siete qui?"

"No, ma Viola lo sa. Mi sta coprendo. Vostra sorella è una stratega spietata."

"Per fortuna, in questo caso, ha usato le sue capacità a fin di bene." Val le passò le braccia attorno alla vita e la attirò contro di sé. "Per rispondere alla vostra domanda precedente – se davvero era una domanda – la mia proposta di matrimonio è ancora valida, anche se l'idea di fare di voi la mia amante ha un suo fascino perverso."

Isabelle gli passò le braccia attorno al collo. "Sì? Beh, in tal caso forse dovrei essere la vostra amante… almeno per una notte."

Val rise sottovoce. "Mi pare che lo abbiamo già fatto."

"Non formalmente."

"No, non formalmente. Non abbiamo mai fatto nulla di formale." E lui voleva farlo. Isabelle meritava quello e molto altro. Si mise in ginocchio di fronte a lei, le mani sulla sua vita. "Isabelle, mi farete il grandissimo onore di diventare la mia duchessa?"

"Prima che io accetti, cosa che voglio disperatamente fare, vorrei fare presente il problema della mia sterilità."

"Vedremo col tempo. Se anche Dio non ci donasse un figlio, non mi pentirò mai di avervi sposata. Potete dire lo stesso?" Val trattenne il fiato in attesa della risposta, che per fortuna giunse rapida.

"Sì. A entrambe le domande." Isabelle gli toccò la guancia. "Come ho fatto ad avere tanta fortuna?" mormorò.

Val vide le lacrime nei suoi occhi e sperò che fossero lacrime di gioia. "So che non lo avete mai voluto, ma prometto che realizzerò tutti i vostri sogni."

Isabelle annuì, sorridendo ampiamente, e Val capì che era felice quanto lui. "Lo avete già fatto. Ora alzatevi e baciatemi."

Val lo fece.

"Non mi sembra giusto," protestò Colehaven mentre lo champagne veniva distribuito in salotto. "Dovevi proprio sposarti prima di me? *Di nuovo?*"

Val rise in risposta e Isabelle lo fissò, ancora parzialmente incredula del fatto di essere diventata, da venti minuti, la duchessa di Eastleigh.

"Suppongo che dovrò brindare," annunciò Colehaven. "Al mio caro amico e alla sua adorabile sposa, che lui dovrà impegnarsi *molto* duramente per meritare." L'uomo spostò lo sguardo tra Val e Isabelle, gli occhi colmi di affetto e di gioia. "Sono davvero felice che vi siate *finalmente* trovati." Sollevò il bicchiere e tutti gli altri fecero lo stesso.

Dove per 'tutti gli altri' si intendevano la vedova, Viola, Diana – la deliziosa fidanzata di Colehaven, che Isabelle già adorava quanto aveva detto Viola – Hugh Tarleton – che aveva officiato il matrimonio – e, cosa più importante per Isabelle, Beatrice e Caroline. Anche lord e lady Barkley erano presenti, ma si erano tenuti sullo sfondo, o perché entrambi consapevoli della loro scarsa popolarità presso quel gruppo o perché Val aveva ordinato loro di farlo. Isabelle lo riteneva capace di un gesto simile.

La sera prima, egli le aveva raccontato con un livello soddisfacente di dettagli di come avesse chiesto a Barkley di andarsene, minacciandolo in maniera piuttosto diretta. Aveva ordinato alla signorina Shipley di informarlo nel caso Barkley avesse anche solo *accennato* a oltrepassare i limiti e giurato di fare la stessa cosa con qualunque altra istitutrice la famiglia avesse assunto.

Loro due avevano discusso di molte cose la sera prima: i loro matrimoni, la loro stupidità e il loro giuramento di non sprecare mai più un altro istante. Il tutto negli intervalli tra una riscoperta reciproca dei propri corpi e l'altra. Si erano alzati molto presto. Val aveva lasciato Isabelle in Berkeley Square, per poi dirigersi a Doctors' Commons per ottenere la licenza speciale. A ciò era seguito un fervore di attività in preparazione al matrimonio di quel pomeriggio, al quale la vedova aveva dato burberamente la sua benedizione.

"Non è come avrei voluto io," aveva detto l'anziana, "ma ringrazio il Cielo che Eastleigh si sposi di nuovo, e che questa volta abbia scelto bene."

Nulla di ciò che avrebbe potuto dire avrebbe fatto sentire Isabelle più bene accetta. Viola era stata un po' più effusiva nel suo entusiasmo, dicendosi entusiasta di avere finalmente una cognata e promettendo più avventure come quella che si era svolta al Duca Malandrino. Isabelle non aveva voluto dirle che diventare duchessa era avventuroso più che a sufficienza per lei.

Era ancora incerta di come se la sarebbe cavata, ma con Val al suo fianco e il sostegno della vedova, sapeva che ci sarebbe riuscita. In fin dei conti, le cose si erano evolute molto meglio di quanto lei avrebbe mai potuto sognare. Avrebbe solo voluto che suo padre fosse stato presente per vederlo.

Più tardi, quando tutti se ne furono andati e rimasero solo lei e Val, accoccolati sul divano di fronte al fuoco del salotto, Isabelle non riuscì più a nascondere la stanchezza. Anzi, entrambi sbadigliarono nello stesso momento, per poi scoppiare a ridere.

"Dovremmo ritirarci," suggerì Val.

"Prima di cena?" Isabelle sollevò la testa della spalla di suo marito. "Lo staff non lo troverà strano?"

"Faranno meglio ad abituarcisi. Prevedo molte altre sere in cui ci ritireremo presto." Val agitò le sopracciglia e lei rise di nuovo.

"Non sono sicura di riuscire a tenere gli occhi aperti." Isabelle sbadigliò di nuovo, portandosi una mano alla bocca.

Val cambiò posizione e si chinò per sfregarle il naso contro il collo prima di passarle le labbra sulla mascella. "Non è necessario che siano aperti."

Passandogli le dita tra i capelli, Isabelle gli fece sollevare la testa in modo da poterlo baciare. Le loro labbra si incrociarono con una passione che confutava la fatica. Dopo diversi lunghi istanti, Isabelle si staccò. "Mi arrendo."

Val esalò il fiato. "Temo che non sia possibile. Io mi sono arreso a voi molto tempo fa. Prima ancora di rendermene conto."

"In tal caso, apparteniamo l'uno all'altra." Isabella gli rivolse uno sguardo carico di promesse sensuali.

Val si alzò dal divano e la sollevò sorridendo tra le braccia. "Sempre."

Cosa succede quando un bacio rubato mettere a rischio l'unica speranza di indipendenza di una donna tutta pepe? Scopritelo in UNA NOTTE DI PASSIONE.

Procuratevelo qui: Una notte di passione

ANCHE DI DARCY BURKE

Il Club dei Duchi Malandrini

Una notte di seduzione di Erica Ridley
Una notte di abbandono di Darcy Burke
Una notte di passione di Erica Ridley
Una notte di scandalo di Darcy Burke
Una notte da ricordare di Erica Ridley
Una notte di tentazione di Darcy Burke

Presto in uscita in italiano:

Gli Intoccabili

Il duca proibito
Il duca del coraggio
Il duca del raggiro
Il duca del desiderio
Il duca dell'audacia
Il duca del pericolo
Il duca di ghiaccio
Il duca della rovina
Il duca delle menzogne
Il duca della seduzione
Il duca dei baci
Il duca dell'ossessione

Darcy Burke è autrice di best-seller per *USA Today*. Scrive romanzi storici e contemporanei sexy e coinvolgenti. Ha scritto il suo primo libro a 11 anni: una storia a lieto fine su un cigno assuefatto alla magia e sulla femmina che lo amava, corredato da illustrazioni orripilanti. Potete trovarla a https://www.darcyburke.com/readerclub.

Nativa dell'Oregon, Darcy vive al confine con la regione del vino, con suo marito chitarrista e i loro due divertentissimi bambini, che sembrano aver ereditato il gene della scrittura. In famiglia sono tutti gattari: hanno due bengalesi, un piccolo gatto cercatore di gloria che prende il nome da un frutto e un anziano Maine Coon, maestro della pigrizia e delle serenate alle cinque di mattina. Nel suo tempo 'libero', Darcy è una volontaria seriale; ha cominciato un programma in 12 passi in cui si impara a dire di no, ma continua a dover ricominciare da capo. I suoi posti preferiti sono

Disneyland e la Gorge il primo di maggio. Venitela a trovare online a https://www.darcyburke.com e seguitela sui suoi social media: Facebook a https://www.facebook.com/darcyburkefans, Twitter @darcyburke at https://www.twitter.com/darcyburke, Instagram a https://www.instagram/darcyburkeauthor e Pinterest a https://www.pinterest.com/darcyburkewrite.

www.ingramcontent.com/pod-product-compliance
Lightning Source LLC
Chambersburg PA
CBHW050334110726
47899CB00007B/2503